而生氣跑掉的伊豬豬，
意外的冒死拯救了被困在洞穴中的
小老鼠毛斯。

造屁博士[illegible]福來弟、布里奧、
丹克前來[illegible]魯豬豬一起
嘗試放屁[illegible]心合一」波形同步，
但狀況相當[illegible]來——

透過電視新聞協尋，伊豬豬終於出現了，
他與佐羅力和魯豬豬三個一起搭上
「新世代・福氣戰士」，達成了
百分百完美的「三心合一」波形同步。

此時，佐羅力他們為了拯救錢多多號，
正以「新世代・福氣戰士」的駕駛身分，
進入救災機器人的駕駛艙，
等待著飛向太空的那一刻。

請看，這次要說的故事就像圖裡的說明這麼簡單：飛往太空，然後抓住錢多多號返回地球。
錢多多號
在太空中將錢多多號緊緊抓牢
帶著它飛回來
地球
這樣的話，應該只需要三十頁，任務就能結束了吧？本大爺是這麼認為啦，嘻嘻呵呵。
咦？是嗎？這樣不就慘了，那剩下的空白頁面怎麼辦？
嗯，看來我得隨便畫些迷宮或者著色圖什麼之類的來填補空白，蒙混過去。好吧，從現在開始做準備吧。

怪傑佐羅力

太空大作戰

文・圖 **原裕** 譯 周姚萍

眼看著「新世代・福氣戰士」就快要發射升空了。

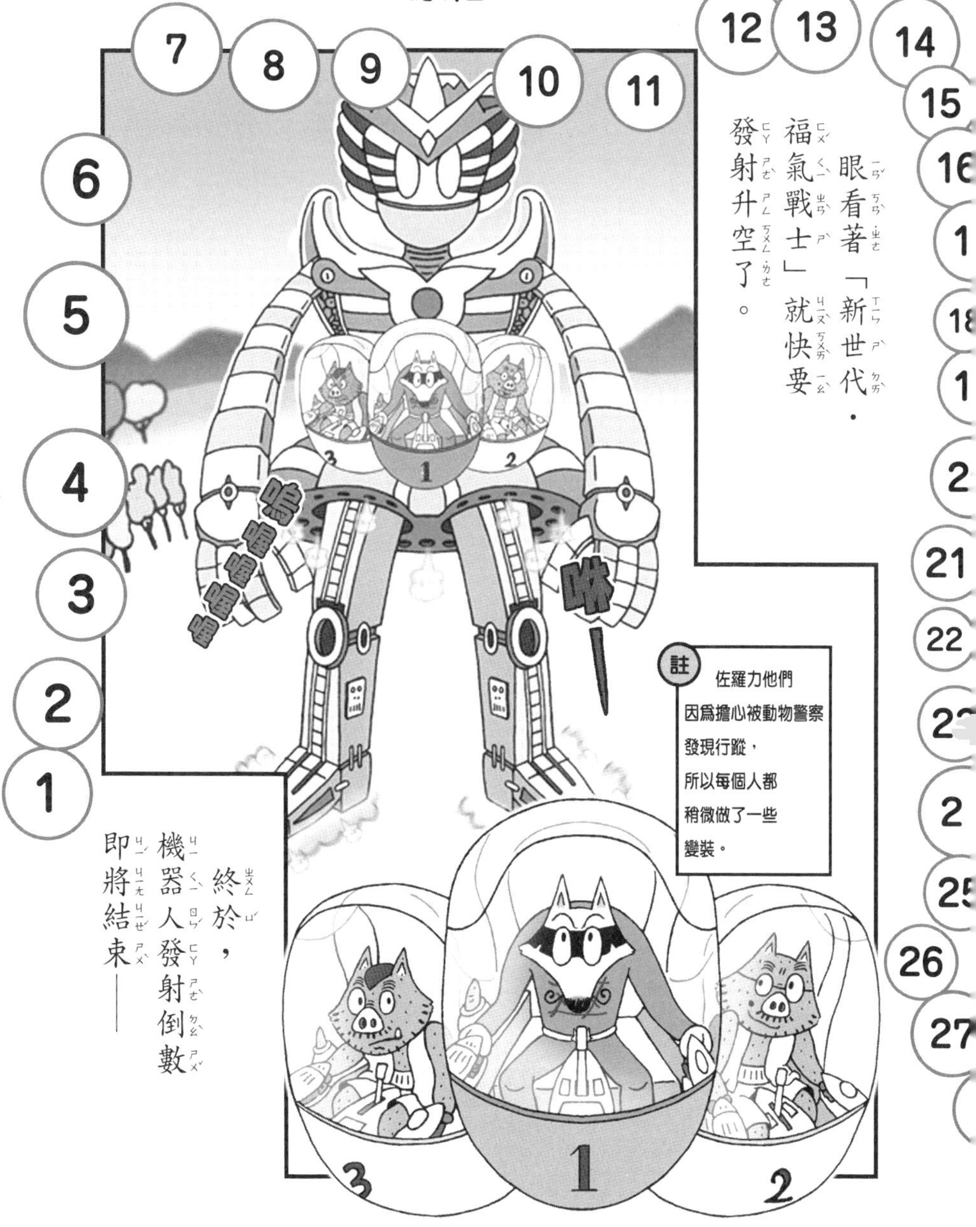

註 佐羅力他們因為擔心被動物警察發現行蹤，所以每個人都稍微做了一些變裝。

終於，機器人發射倒數即將結束——

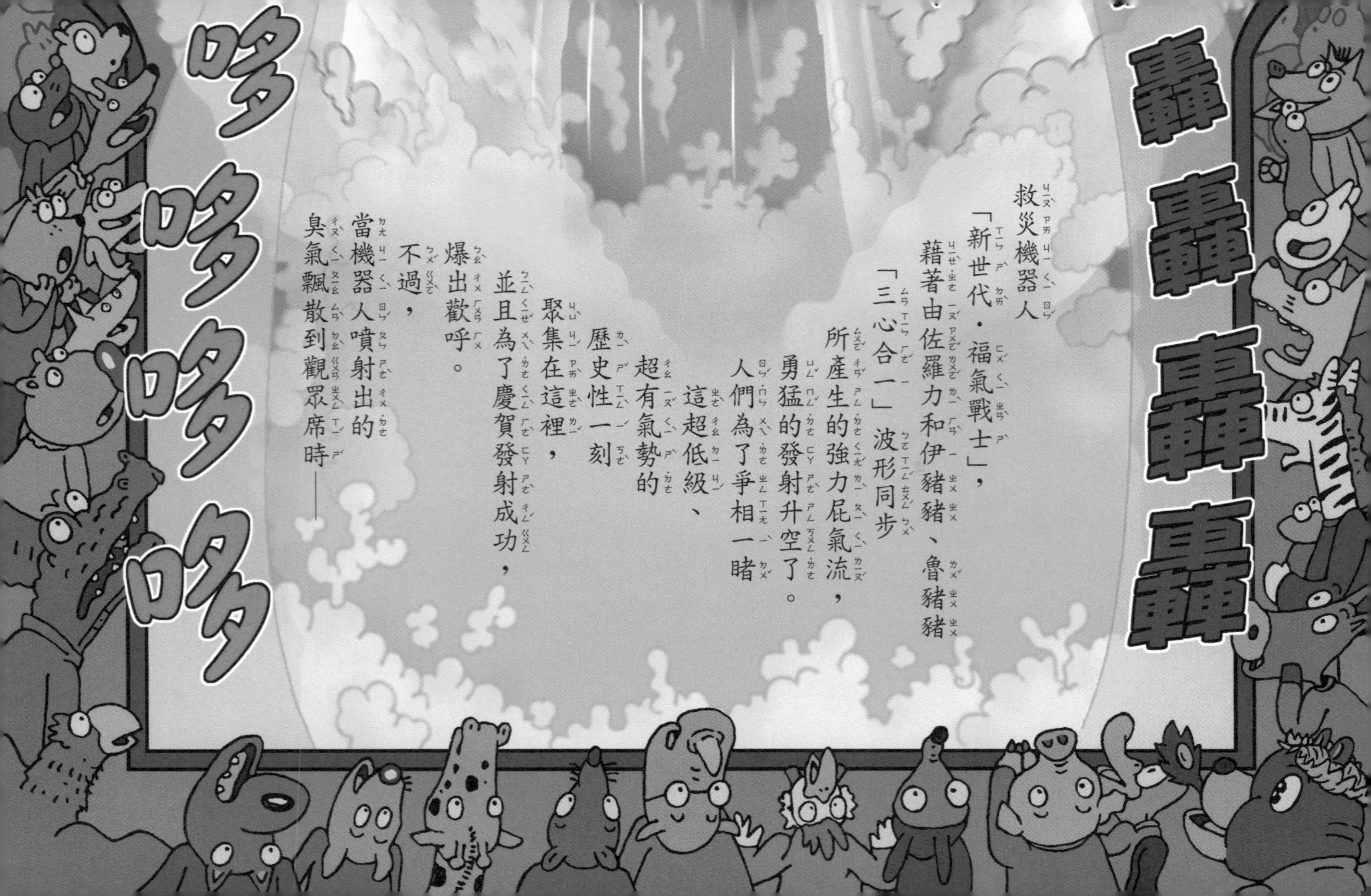

轟轟轟轟
救災機器人
「新世代・福氣戰士」，
藉著由佐羅力和伊豬豬、魯豬豬
「三心合一」波形同步
所產生的強力屁氣流，
勇猛的發射升空了。
人們為了爭相一睹
這超低級、
超有氣勢的
歷史性一刻，
聚集在這裡，
並且為了慶賀發射成功，
爆出歡呼。
不過，
當機器人噴射出的
臭氣飄散到觀眾席時——

零ㄌㄧㄥˊ
轟轟轟轟轟轟轟轟
噗咻—
哆哆哆哆哆哆哆
咻咻咻咻—

嗚哇。
噁。
哎喲。
哼，真沒禮貌，大家等著看吧。等到「新世代・福氣戰士」

附近區域全都被強烈的臭屁氣味所包圍。

「這也太狂了，簡直就是空氣汙染嘛。」

「早知道會這樣，在家看電視轉播就好了。」

眾人紛紛發出抱怨並且連忙打道回府。

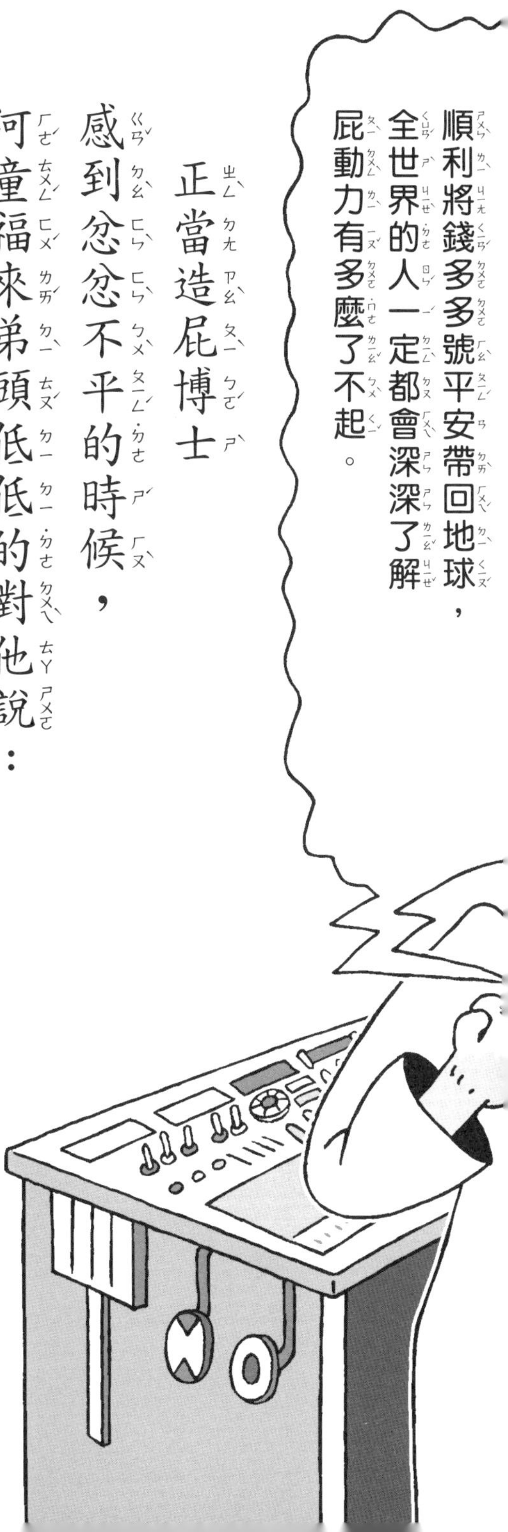
順利將錢多多號平安帶回地球，全世界的人一定都會深深了解屁動力有多麼了不起。

正當造屁博士感到忿忿不平的時候，河童福來弟頭低低的對他說：

「沒錯，事情一定會變成這樣的，所以我們很不甘心。」

造屁博士聽了很不解的問道：

「為什麼不甘心呢？」

福來弟回答：
「我們被稱為放屁名人，
卻無法好好達成
『三心合一』波形同步，
實在令人沮喪懊惱哇……」
「沒錯，要是能夠
再多一點時間的話，
我們也應該有機會坐上駕駛座
成為英雄……」

布里奧望著那已高高飛入天空，成為一個小黑點的「新世代．福氣戰士」，一邊恨恨的咬著嘴脣。

另一頭，

「博士，你看，這是什麼？」

丹克從已經升空的「新世代．福氣戰士」發射地跑了過來。

他的手上拿著——

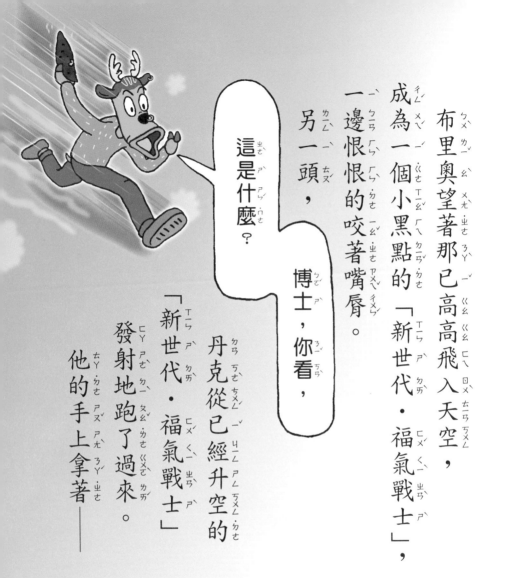

一個焦黑的地瓜。
這個地瓜就掉落在
機器人發射升空處。

「嗯，這無疑就是
我所培育的、
能夠產生出
十倍屁威力的地瓜……」

「你該不會是忘了把它放進去吧？」
「怎麼會呢？這可是十分重要的地瓜，

只要少掉一個，機器人就沒辦法返回地球，可說是與佐羅力他們的性命息息相關的重要地瓜，所以我絕不會忘記放進該放的地方！

「既然博士都這麼說了，那一定不會有問題，放心、放心。」

丹克將地瓜折成兩半，地瓜烤得熱呼呼、鬆軟軟的，正適合入口。

於是，為歡慶「新世代．福氣戰士」成功升空，大夥兒一人一口，分享了那個地瓜。

就在這時，

「新世代・福氣戰士」順利的飛行於太空中。

「我們就快脫離大氣層了，這時如果沒有更強力的臭屁來加快速度可不行。」

佐羅力一說，他們的駕駛座旁邊就冒出了蒸熟的地瓜。

三人一起狼吞虎嚥的吃下地瓜，

「錢多多小姐，請等著，我們馬上去救你了！」

佐羅力一個手勢動作指揮，三人就一起放出「三心合一」波形同步的最強臭屁，駕駛機器人飛出了大氣層。

在屁動力不足，
或者需要更強力的臭屁升速時，
機器人會自動計算所需的屁量，
然後取出儲存的地瓜，
將地瓜蒸得鬆軟好吃，
再傳送到駕駛座，
接著從這個機器
裝置口冒出來。

這時，
佐羅力他們的目標
錢多多號——

「造屁博士通知我們，前來營救我們的機器人，已經差不多要抵達了。」

錢多多小姐聽葛雷這麼一說，立刻大大的鬆了一口氣。

「太好了，終於能夠安全回去地球。我們的蜜月旅行即將畫上休止符了，一起來拍張紀念照吧。」

就在他們架設好相機，以太空當背景按下快門的那一刻。

錢多多號突然開始劇烈搖晃。

「哇，是救援者抵達了嗎？」

錢多多小姐問葛雷。

「不會吧，這樣未免也太亂來了，

我們去看看。」

兩人從窗戶往外一看，

嚇了一大跳。

不知在何時
錢多多號已經撞落在
一顆小行星上。
「怎、怎麼會這樣？
到底發生
什麼事了？」

錢多多小姐
抬頭望著葛雷，
一臉擔憂。
「我也不清楚。這樣吧，
讓我出去檢查看看」。
葛雷穿上太空裝，
來到錢多多號的艙外，
發現了——

錢多多號剛剛好、不偏不倚的，卡在被隕石撞擊出坑洞的小行星裡。

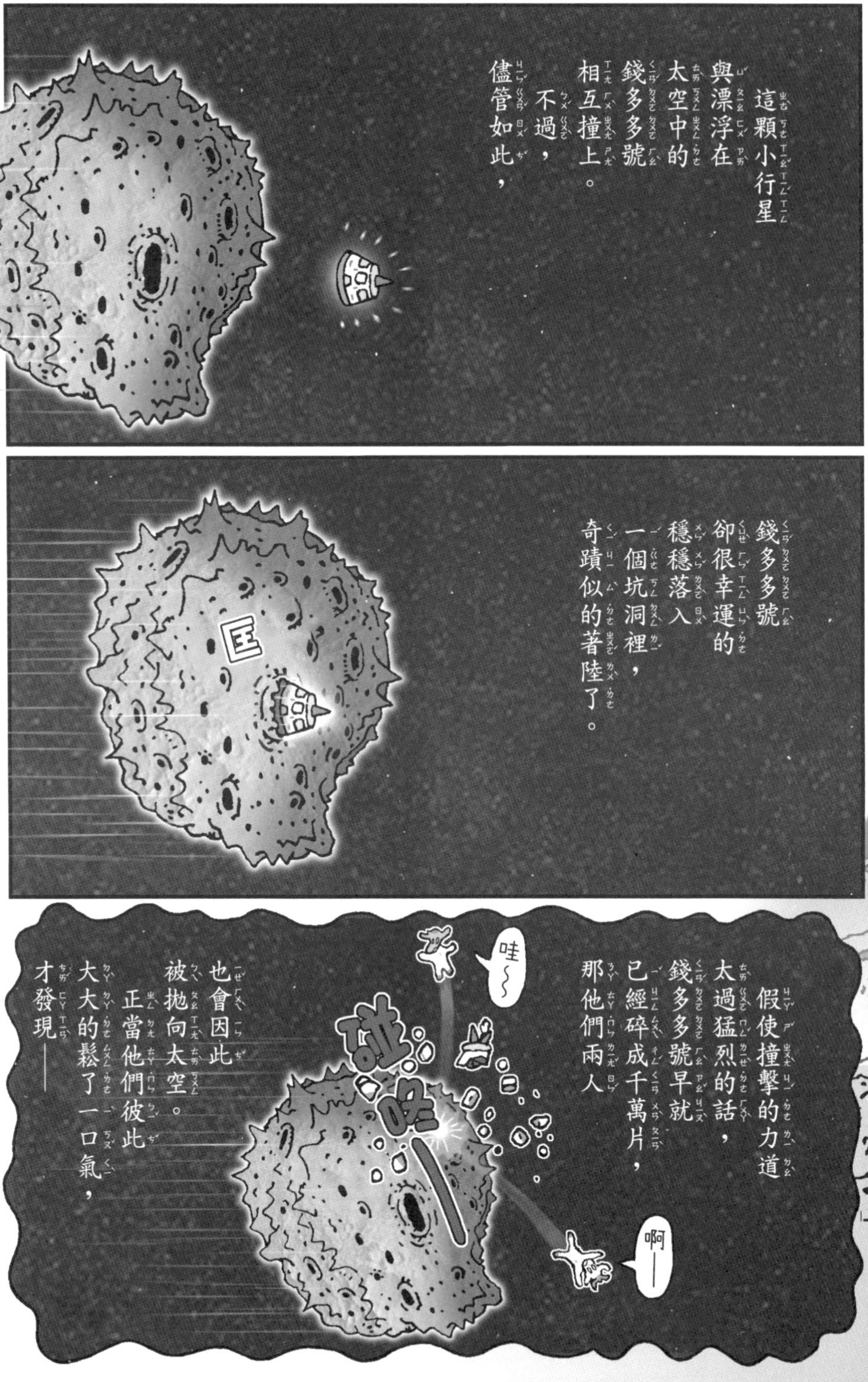
這顆小行星
與漂浮在
太空中的
錢多多號
相互撞上。
不過，
儘管如此，
錢多多號
卻很幸運的
穩穩落入
一個坑洞裡，
奇蹟似的著陸了。
匡
假使撞擊的力道
太過猛烈的話，
錢多多號早就
已經碎成千萬片，
那他們兩人
也會因此
被拋向太空。
正當他們彼此
大大的鬆了一口氣，
才發現——
哇～
碰咚—
啊——

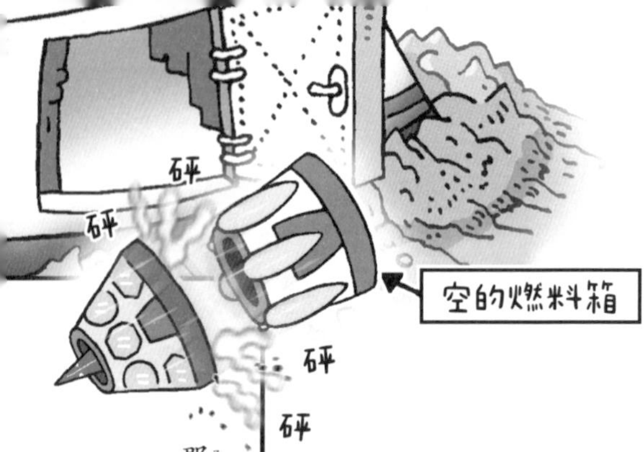

那是錢多多號原本要返回地球時，可以用來讓空燃料箱從火箭本體脫離的小型炸彈。

這樣的話，那原本認定錢多多號漂浮在太空中，正要前來營救的機器人，會不會沒有發現已經登陸小行星的錢多多號呢？

這時，葛雷想起了在錢多多號的四個角落都裝設著小型炸彈。

不過由於發生意外，
那個燃料箱已經被噴飛，
所以炸彈已經用不上了。

這麼一來，若是能取下炸彈，
將炸彈埋進坑洞底下，
然後一口氣引爆的話，
說不定就能炸碎火箭周遭的岩石
藉由爆炸衝力讓火箭再次升空。

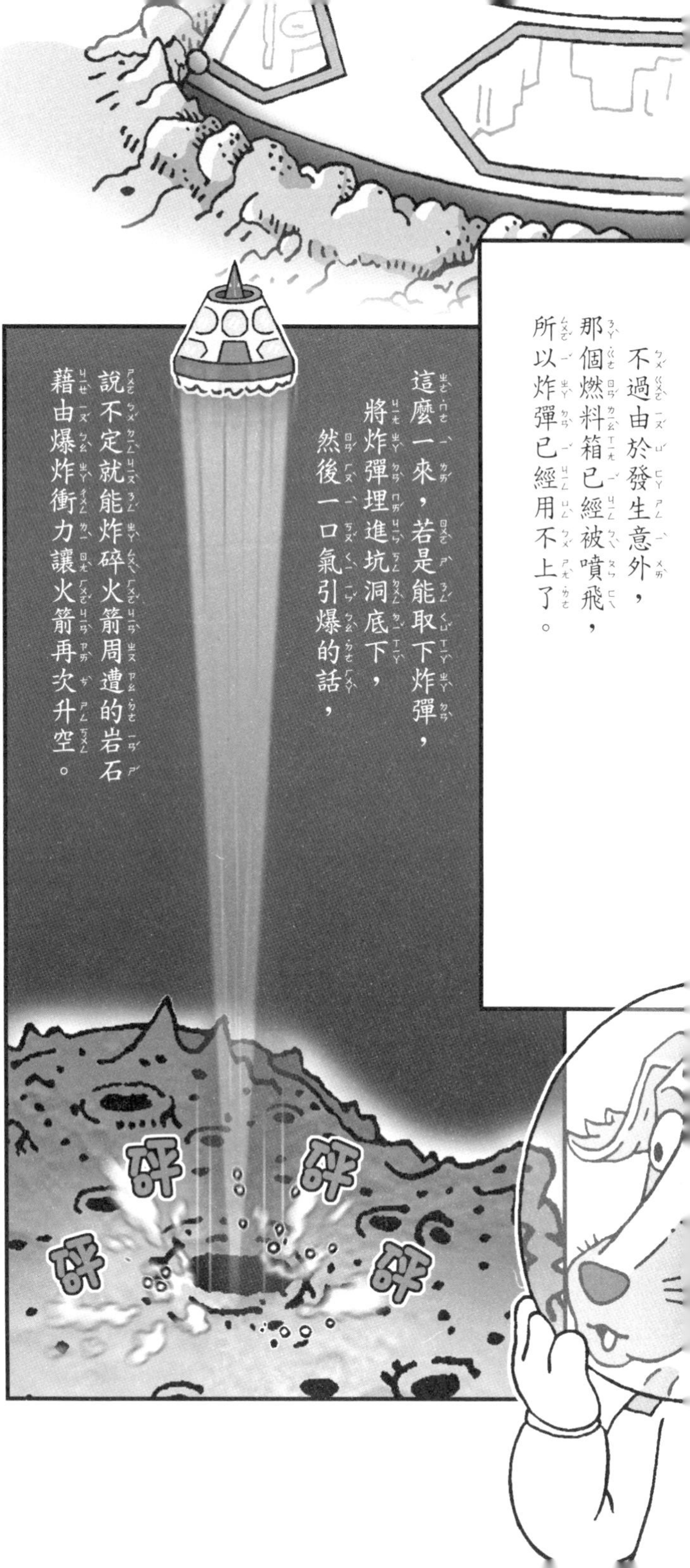

葛雷急忙忙將四顆炸彈取下，
就在這時——

轟隆！

隨著轟然巨響，
巨大的機器人
「新世代・福氣戰士」，
正好從錢多多號
所著陸的
小行星背面
飛了過去。

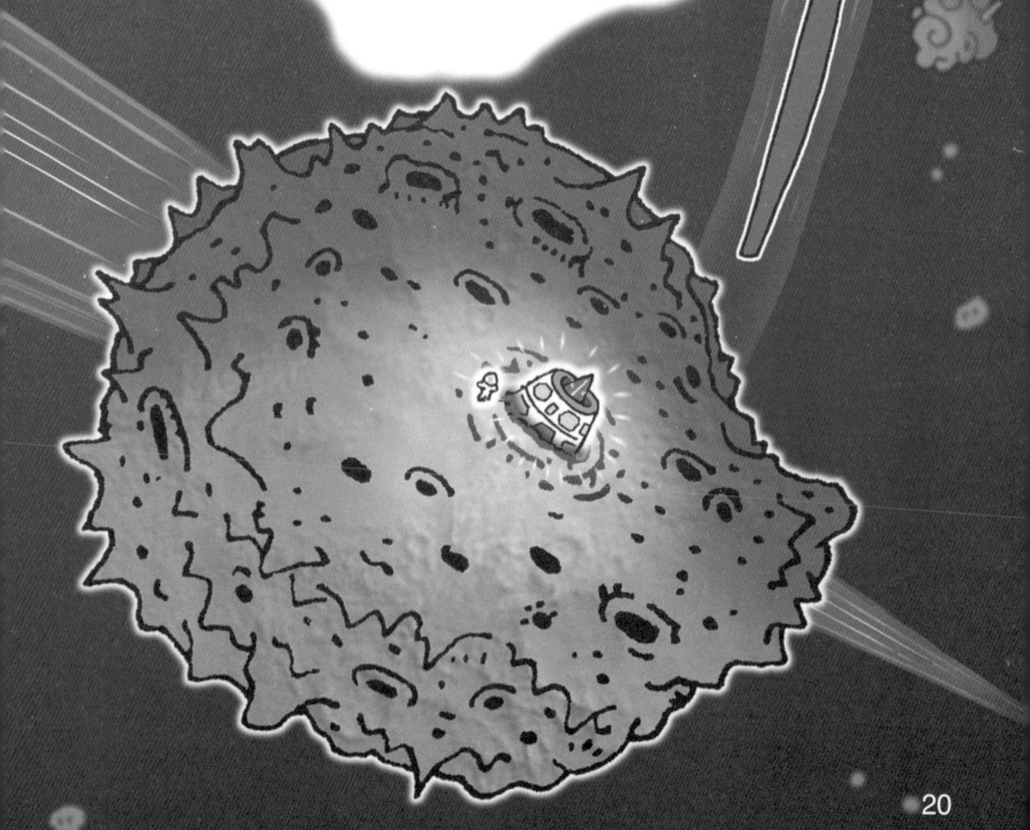

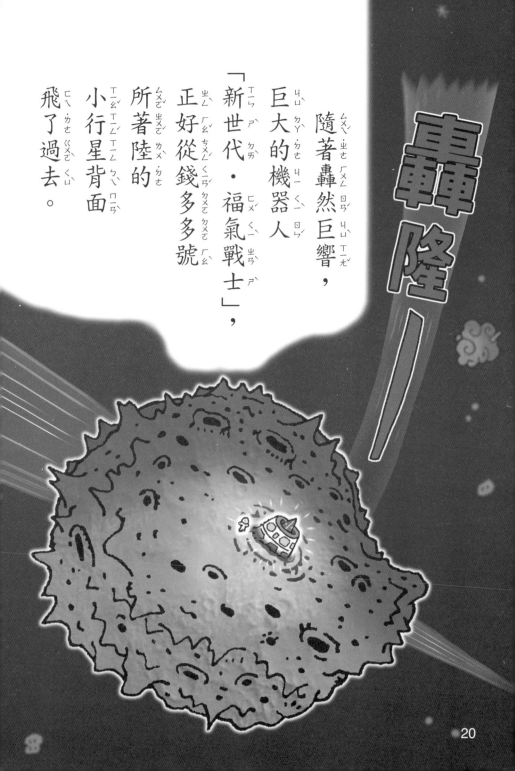

過了一陣子，「新世代・福氣戰士」停止飛行，朝著四面八方張望。

可惜從「新世代・福氣戰士」的所在之處，完全看不到錢多多號的蹤跡。

「博士，照理說錢多多號應該就在附近才對呀。我們會先四處移動，試著到別的地方找找看。」
佐羅力向博士報告道。

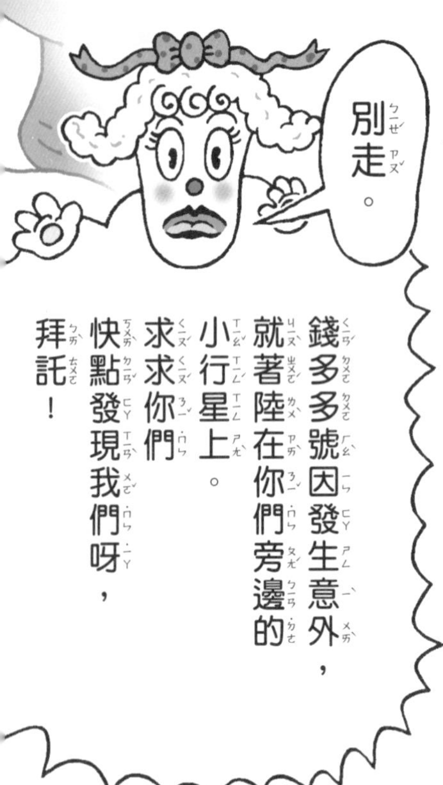
別走。
錢多多號因發生意外，就著陸在你們旁邊的小行星上。求求你們快點發現我們呀，拜託！

錢多多小姐激動得慌亂不已。

「怎麼會這樣！」

這時佐羅力和伊豬豬、魯豬豬正轉著腦袋東張西望。

「唔——這是哪一顆小行星啊？如果能看到與錢多多號有關的標誌就好了——」

就在佐羅力這麼想的時候，

此刻人正站在小行星上的葛雷也有一模一樣的念頭。

他想讓佐羅力他們一眼就能發現，被困在小行星上的錢多多號。

「對了！」

葛雷爬上錢多多號的最頂端。

這個尖尖的頂端裡頭裝有降落傘，是為了讓錢多多號在返回地球時能安全的著陸。

葛雷身邊

沒有工具，只能徒手開啟；

他將兩手使勁插入縫隙之中，

用盡全身力氣撬開。

這時，

「啊，佐羅力大師，
快看、快看，
你看那顆小行星
冒出了一個大飯糰耶——
呵呵呵。」
魯豬豬開心的指著「大飯糰」。

伊豬豬卻說：
「不對啦，佐羅力大師，
我覺得那個東西不管怎麼看，

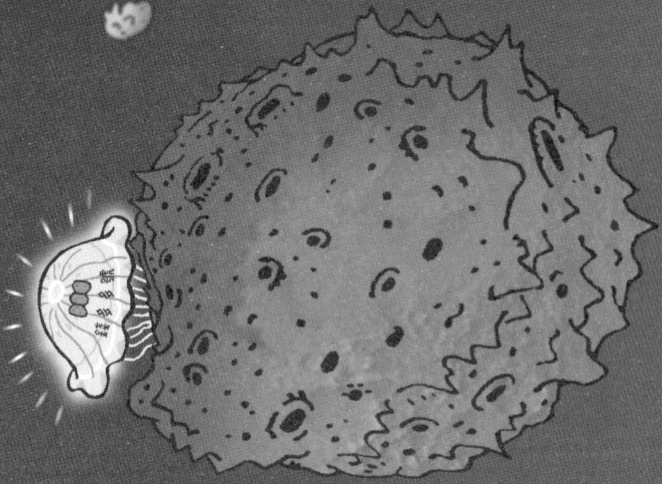

都是水母才對。」

佐羅力望向兩人所指的方向，大叫道：「笨蛋！那是降落傘哪，而且上面還寫了錢多多號三個字，不是嗎？」

於是，他們駕駛著「新世代．福氣戰士」立刻往那顆小行星飛去。

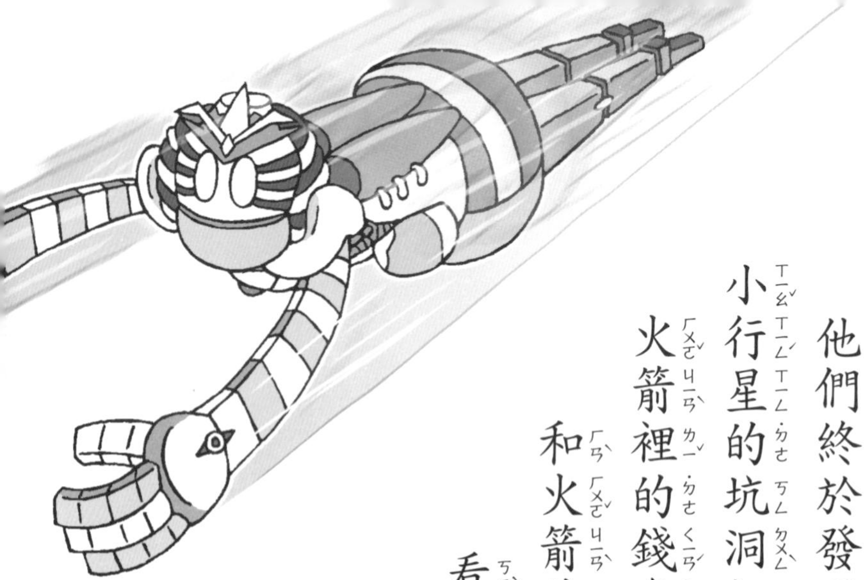

他們終於發現錢多多號正被卡在小行星的坑洞裡動彈不得。

火箭裡的錢多多小姐和火箭外頭揮舞雙手的葛雷，看起來都安然無恙。

「第一步就是把錢多多號從坑洞裡拉出來。」

葛雷聽到

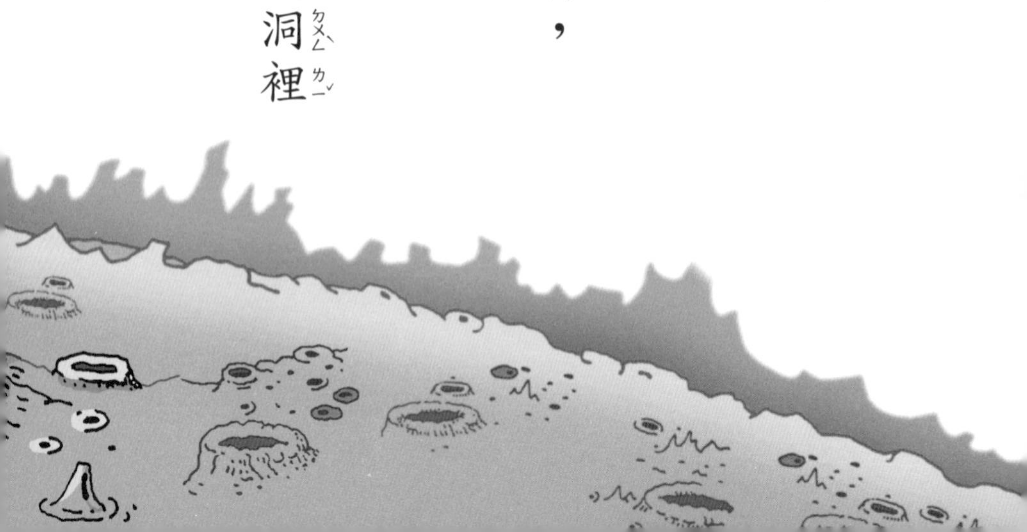

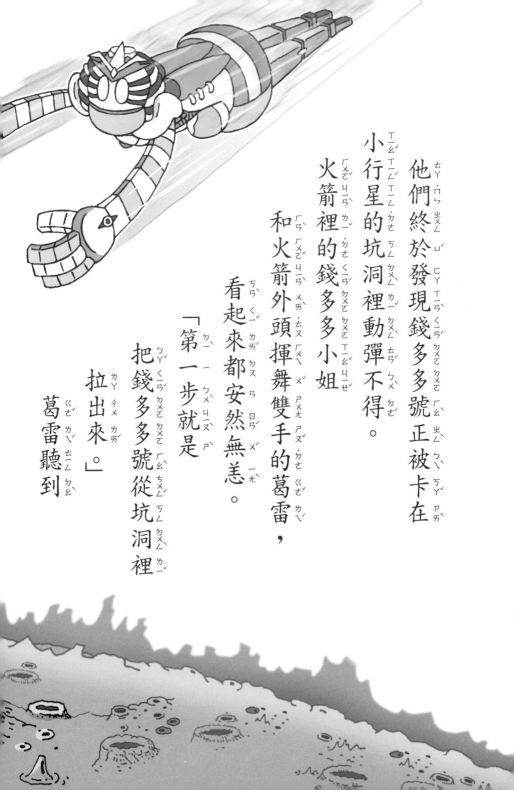

佐羅力對他
這麼喊，
他趕緊收起
降落傘，
回到火箭裡。
「一切準備就緒。」
葛雷一喊——

「新世代・福氣戰士」的雙手穩穩的抓住錢多多號，使出要將錢多多號拔出坑洞的力氣，但錢多多號卻紋風不動。

這正是需要吃地瓜以提升三人力量的時候，不過如果這麼做的話，要用來返回地球的地瓜恐怕就會不夠了。

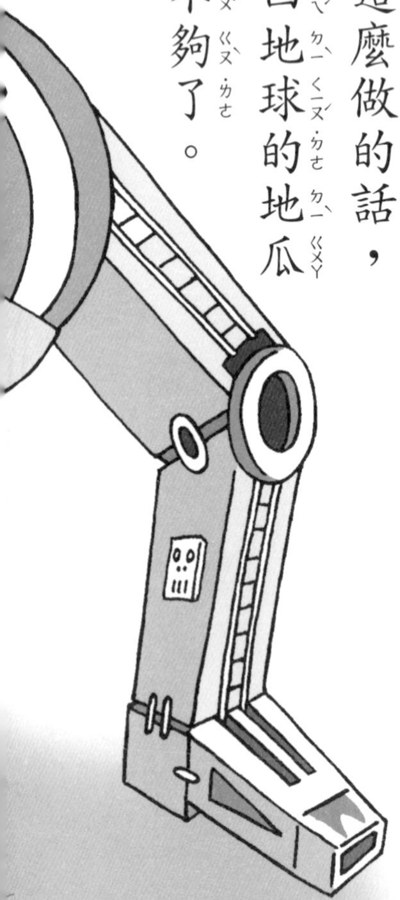

這下該怎麼辦才好呢？

佐羅力感到很苦惱。

「嘿，你覺得這個派得上用場嗎？」

葛雷從窗戶那邊拿給他們看的，

咦？佐羅力不是說大概發展到30頁，故事就會結束了嗎？
害我特別畫好了一堆草圖等著要用來填補空白～

是葛雷剛剛從錢多多號取下來的四個小型炸彈。

「把炸彈放在坑洞的四個角落，只要引爆炸彈造成崩塌，錢多多號應該就能脫困。」

「好主意。喂，伊豬豬，你來當葛雷的助手。」

「遵命——」

伊豬豬穿上太空裝與離開火箭的葛雷，

他們兩人各自
拿了兩個炸彈
設置在坑洞邊。

不過，
伊豬豬一個踉蹌，
他手上的炸彈掉了。

兩個炸彈
滾哪滾哪，
掉進一個小洞裡。

伊豬豬心裡一慌，他使勁將手伸進洞裡尋找，但是由於洞裡很暗，根本就看不到也找不到。

「笨蛋——快進去裡面把炸彈找出來！」佐羅力大聲叫。

不過，洞口那麼小，伊豬豬哪進得去呢？他只好拚了命的想把洞口挖大，但是因為小行星的地質很堅硬，他怎樣都辦不到。

「唉呀呀，我已經不知道怎麼辦才好了～～」

正當伊豬豬哭喪著臉，有氣無力的癱坐在地面時，

交給我吧。
一個小小的太空人，
從「新世代・福氣戰士」
的膝蓋處
飛躍而出。
那是——

曾被困在水位升高的洞穴中，
後來因伊豬豬的營救才脫困的小老鼠毛斯。
「我想報答伊豬豬先生的恩情，
所以偷偷潛入救災機器人裡。
如果是我，就一定進得了這個洞，
請讓我去找回那兩顆炸彈吧」。
「真、真的嗎？
毛斯，我真是太幸運了。
不過，請你等一下」。

伊豬豬拿出一條長長的繩索，綁在毛斯身上。

「如果發生什麼狀況，拉一下繩子通知我，我會立刻把你拉上來的。」

「好的，麻煩您了。」

於是，毛斯跳進洞穴中。

進入坑洞後，
毛斯馬上發現第一顆炸彈，
但是另外一顆炸彈，
似乎滾落到洞穴很深的地方。

正當毛斯撿起第二顆炸彈，他一抬頭，就不由自主的發出喊叫聲。

毛斯的叫聲
也傳到了
地面上的伊豬豬耳裡。
伊豬豬聽了心頭一驚，
立刻將繩子
往上一拉——

沒想到
繩子竟然斷了。

怎、怎麼了？毛斯——

究竟發生了什麼事呢？
緊張的伊豬豬連忙往坑洞裡看，
但是，坑洞裡頭深不見底、黑漆漆的，
根本什麼都看不到。
突然間——

毛斯從伊豬豬身後相隔一段距離外的另一個小洞跳出來。

毛斯一跑到伊豬豬身邊就說：

「趁我引開那些傢伙時，請把這個裝設在坑洞邊，好讓救災機器人把錢多多號拉出來。」

毛斯把手上的炸彈交給伊豬豬之後，就一步也不停的飛奔而去。

「那些傢伙是誰呀？」

伊豬豬轉頭望向毛斯剛剛跑來的方向……

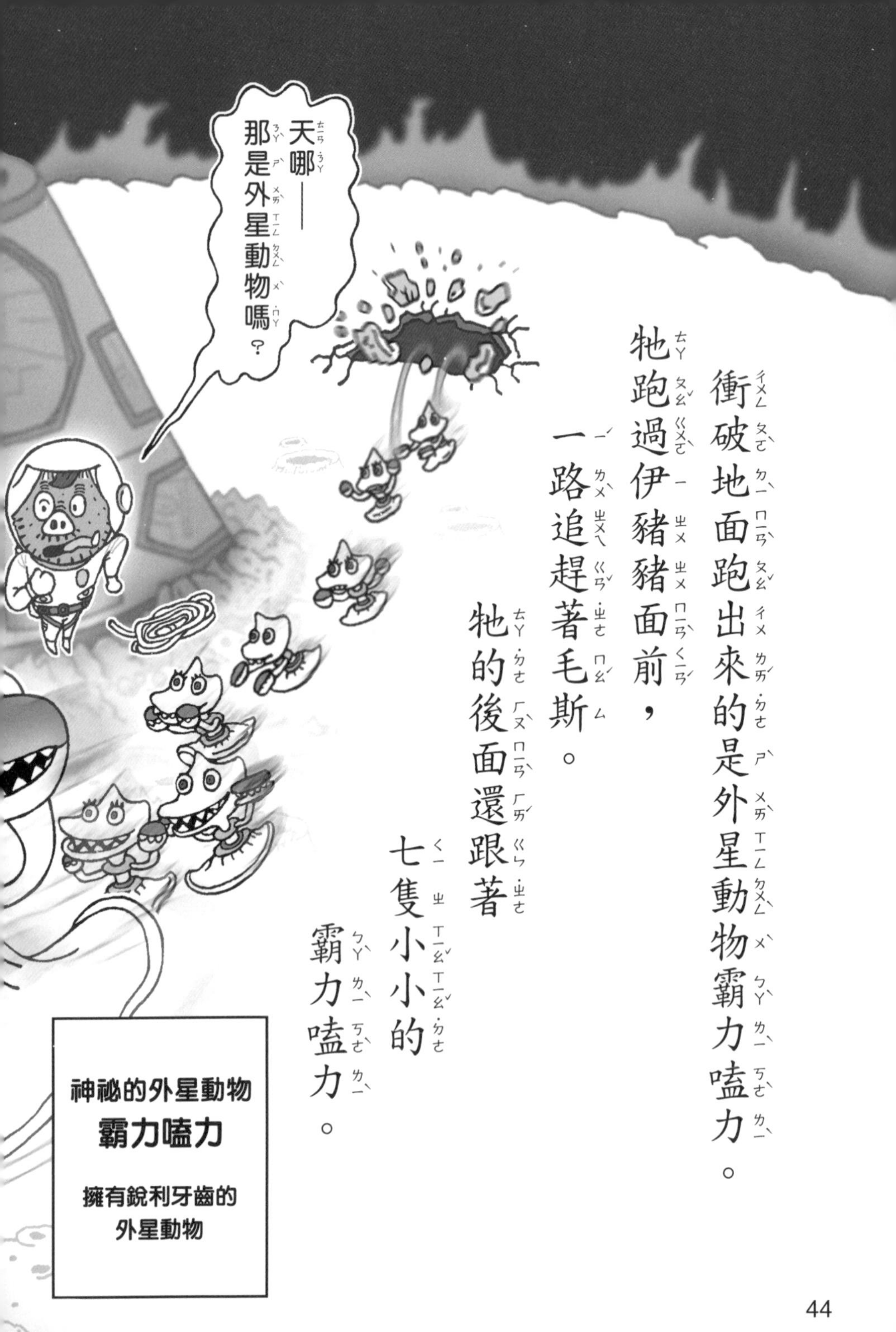
天哪——那是外星動物嗎？
神祕的外星動物
霸力嗑力
擁有銳利牙齒的外星動物

衝破地面跑出來的是外星動物霸力嗑力。

牠跑過伊豬豬面前，

一路追趕著毛斯。

牠的後面還跟著

七隻小小的

霸力嗑力。

「怎麼了？伊豬豬，
現在可不是在那裡
發呆的時候哇！」

伊豬豬聽到佐羅力的叫聲——

「啊！」

伊豬豬總算回過神來。

要是他錯失這個毛斯賭上性命換來的機會，一切努力將全部化為泡影。

伊豬豬將炸彈裝設在坑洞邊緣，匆匆忙忙回到「新世代．福氣戰士」的駕駛座上。

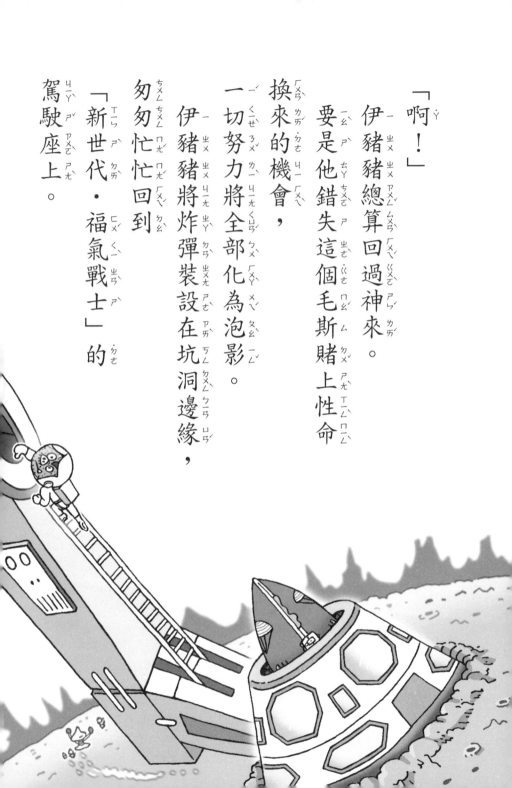

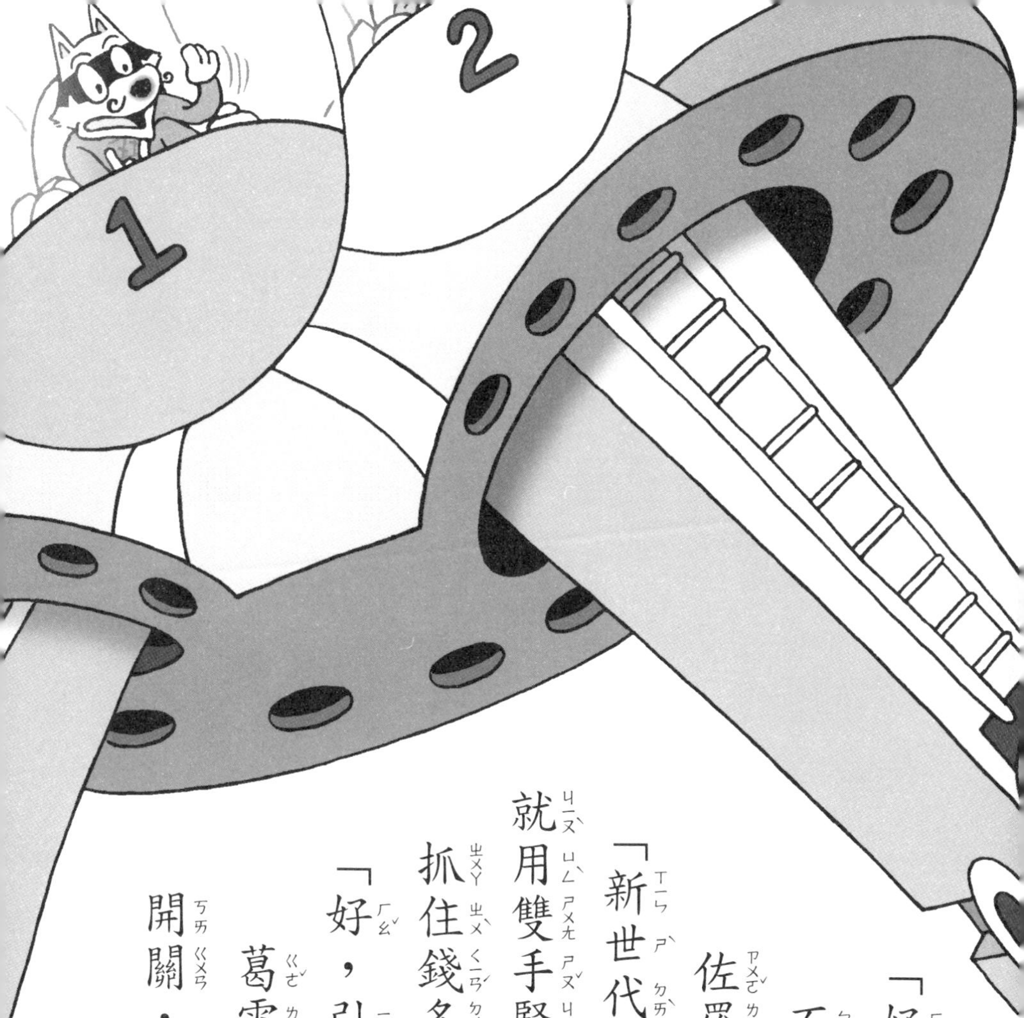

「好，只許成功，
不許失敗。」
佐羅力一說完，
「新世代·福氣戰士」
就用雙手緊緊
抓住錢多多號。
「好，引爆。」
葛雷按下引爆炸彈的
開關，

碰、碰、碰、碰，

坑洞的四個角落

都崩塌了。

「新世代．福氣戰士」

毫不遲疑的

將錢多多號

嘶砰—砰

拉出坑洞，

氣勢十足的飛往太空。

「成功了！」

佐羅力高舉雙手，

滿臉喜悅。

「佐羅力大師，毛斯還沒……」

伊豬豬卻哭喪著臉。

「放心，本大爺沒忘記這件事。」

佐羅力他們駕駛「新世代・福氣戰士」

返回小行星一看——

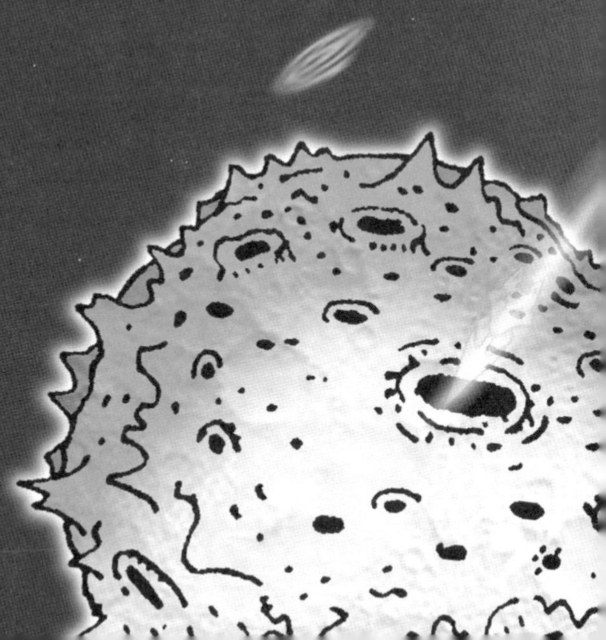

毛斯此刻被追趕到
一個小丘陵上，
他被大霸力嗑力，
以及七隻小霸力嗑力包圍了。
他已經無路可逃。
由於「新世代．福氣戰士」的雙手
正抓著錢多多號，所以佐羅力
讓救災機器人的腳
伸到毛斯的鼻尖前，

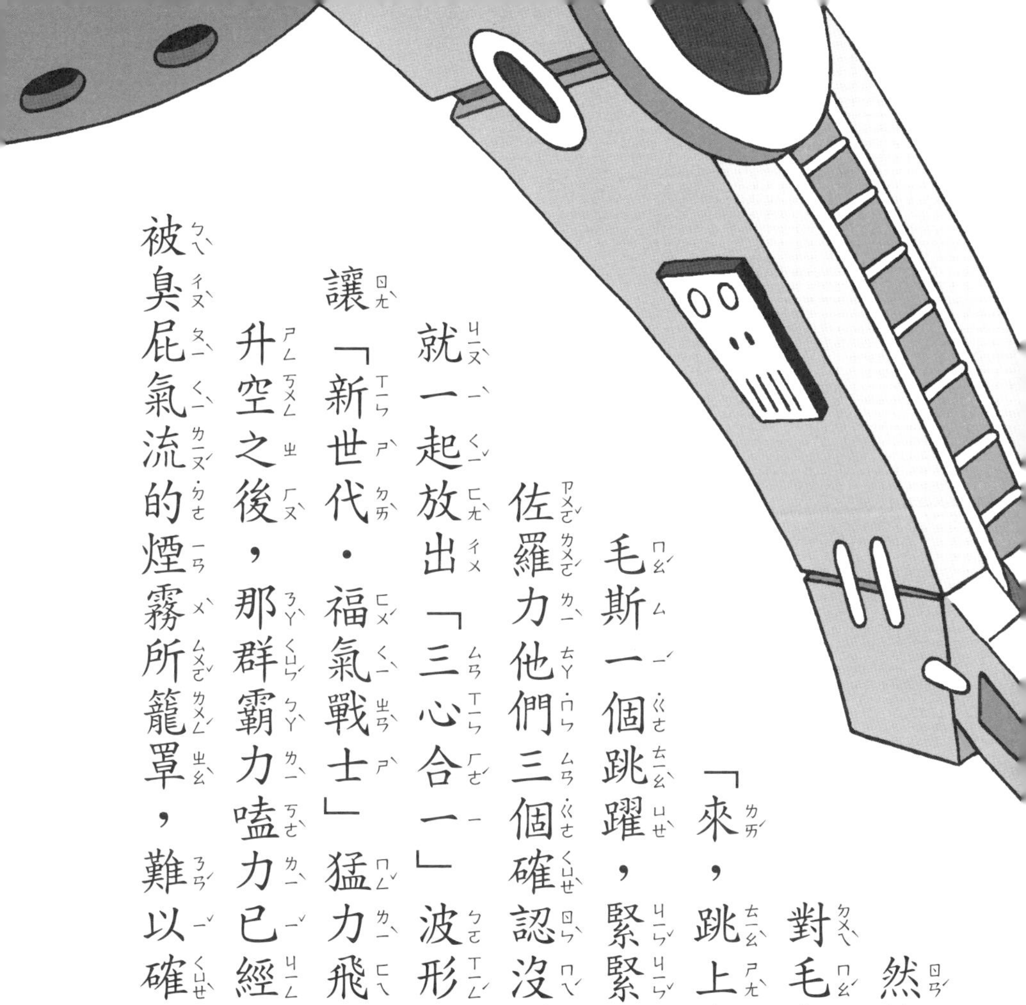

然後，對毛斯大喊：

「來，跳上來！」

毛斯一個跳躍，緊緊抓住機器人的腳。

佐羅力他們三個確認沒問題後，就一起放出「三心合一」波形同步的臭屁，讓「新世代．福氣戰士」猛力飛上高空。

升空之後，那群霸力嗑力已經被臭屁氣流的煙霧所籠罩，難以確認狀況。

毛斯登上「新世代・福氣戰士」，來到伊豬豬的駕駛座旁。

「嗚嗚嗚，毛斯能沒事，真是太好了！」

「嗯，我也因為能夠報答伊豬豬先生的恩情而感到很開心。」

「你做得很好哇，毛斯。」

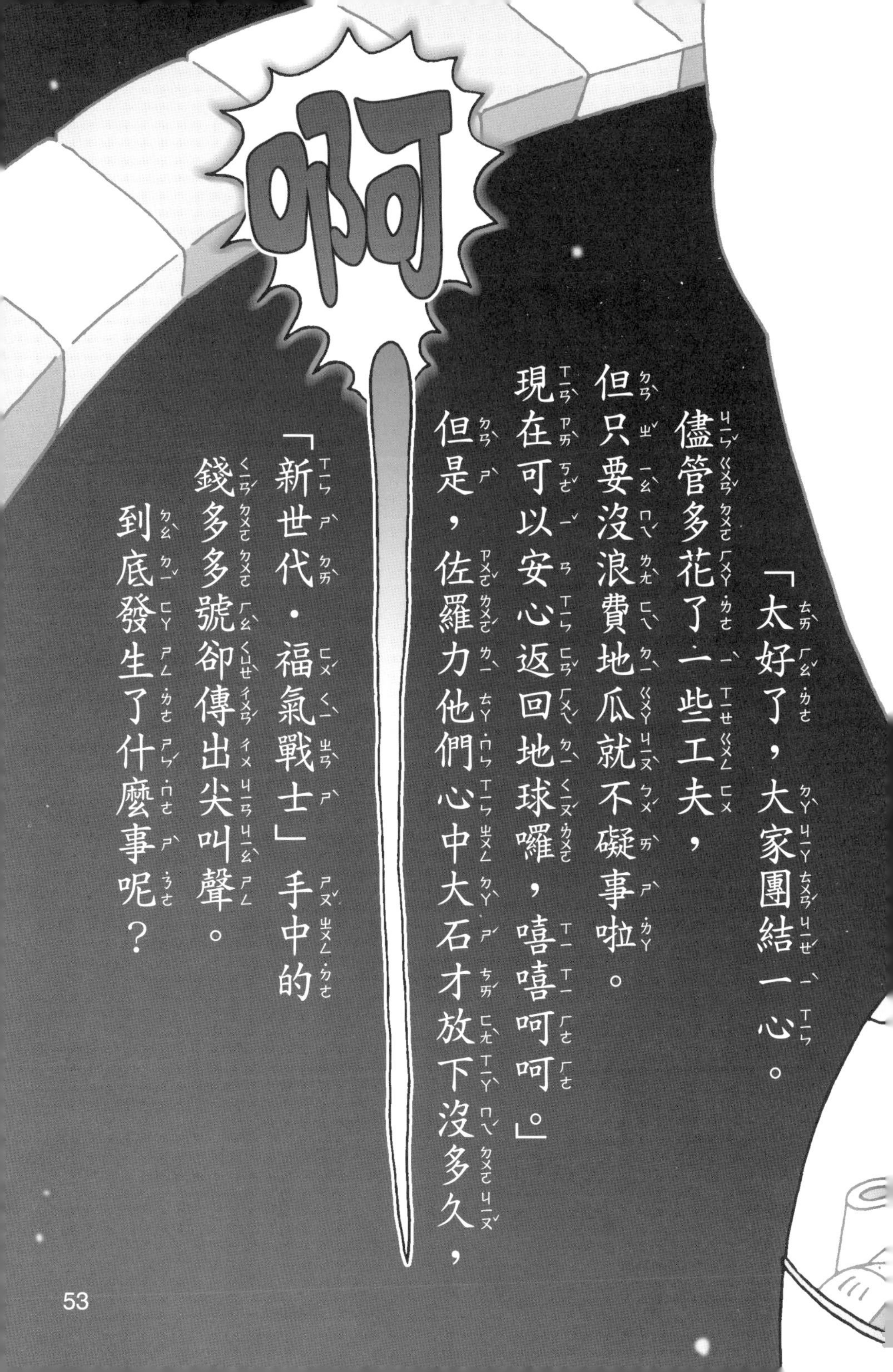

「太好了，大家團結一心。
儘管多花了一些工夫，
但只要沒浪費地瓜就不礙事啦。
現在可以安心返回地球囉，嘻嘻呵呵。」
但是，佐羅力他們心中大石才放下沒多久，

「新世代・福氣戰士」手中的
錢多多號卻傳出尖叫聲。
到底發生了什麼事呢？

佐羅力往錢多多號那裡一看，
霸力嗑力不知在什麼時候攀爬到錢多多號上頭，
還粗暴的想打破窗戶進去裡面。
看來從小行星跳上來的，

不只有毛斯而已。

要是霸力嗑力在錢多多號的機身上咬出坑洞，即使佐羅力他們能夠順利返回地球，一旦要快速衝進大氣層，錢多多號也會在空中碎裂解體。

「這下麻煩了，得有所行動才行。」

佐羅力穿上太空裝竄出駕駛艙外後，這麼說道。

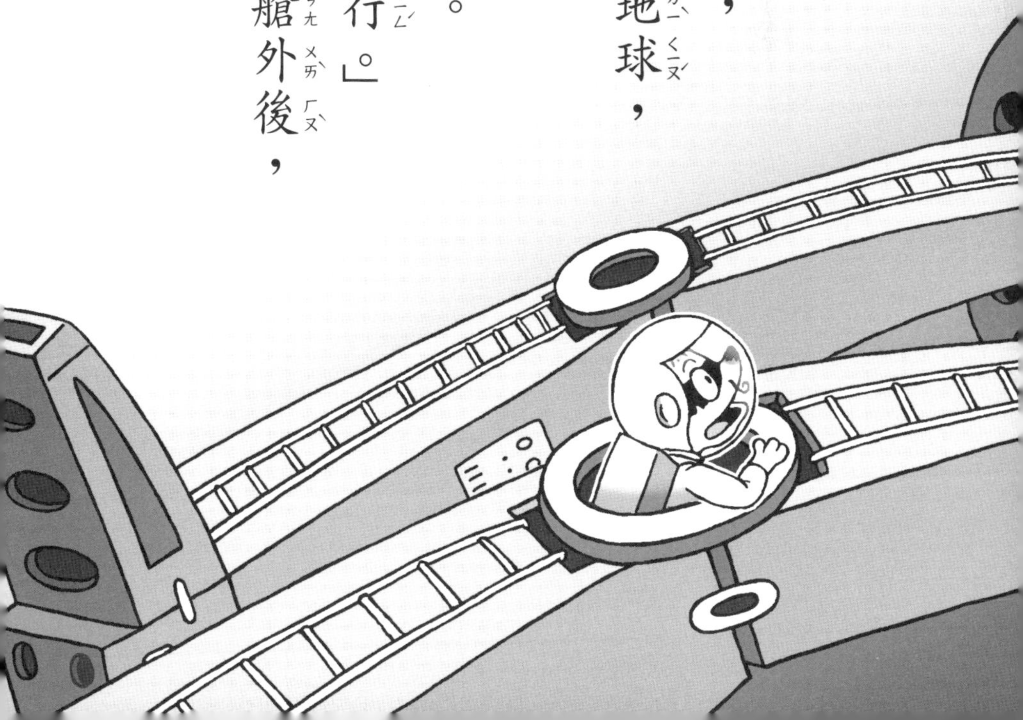

①伊豬豬、魯豬豬，你們兩個聽好了。立刻將「新世代·福氣戰士」左邊腳底的臭屁噴射孔打開。
②本大爺會把那隻外星動物引到那邊。
③當外星動物爬到那隻腳的腳底時，
④你們兩個就合力放屁，將牠噴飛到宇宙遠遠的那一頭。

「真不愧是佐羅力大師，
這個點子太棒了。」
伊豬豬深感佩服。
魯豬豬也自信滿滿的
跟著說：
「放屁這件事
就交給我們吧。」
佐羅力聽到兩人堅定果決
的回答之後，

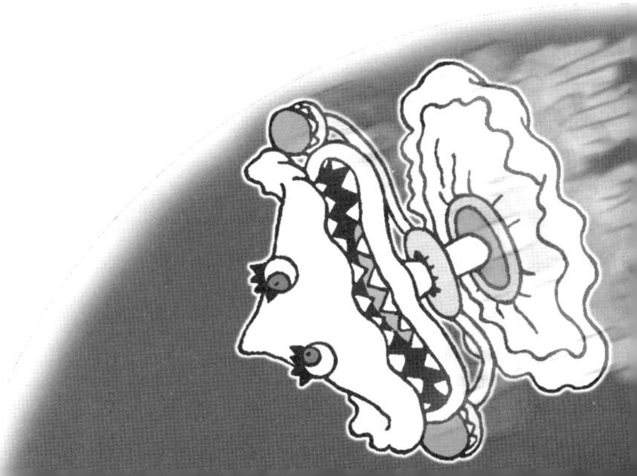

立即跑到霸力嗑力身邊，故意揮舞大動作引起牠的注意。

霸力嗑力看到後，非常生氣，馬上轉過來追著佐羅力跑。

「好耶，這裡、這裡，來追我啊。」

佐羅力靈巧的

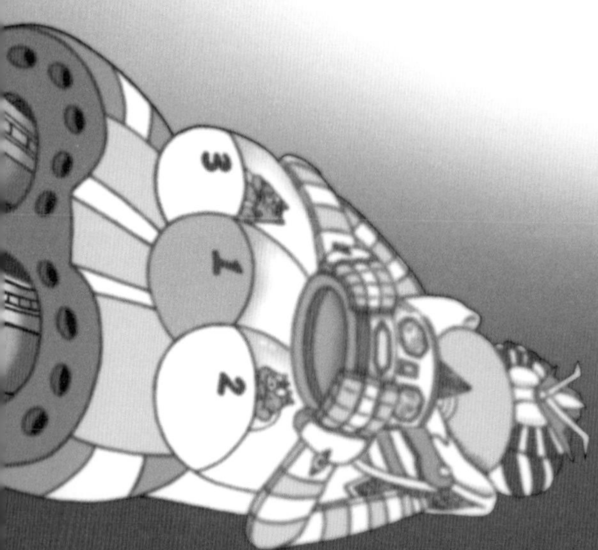

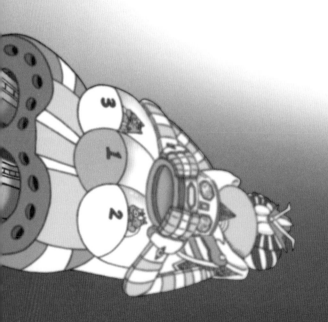

東奔西竄，
將霸力嗑力引向
「新世代‧福氣戰士」
左腳的
臭屁噴射孔。

「伊豬豬、
魯豬豬，
就是現在！」

霸力嗑力
迎面受到
伊豬豬和魯豬豬的
超強臭屁
攻擊，
噗砰！砰

立刻從「新世代・福氣戰士」的腳底被噴飛，
飛往宇宙遠遠的另一頭！
咦……？不、不過，請等等。

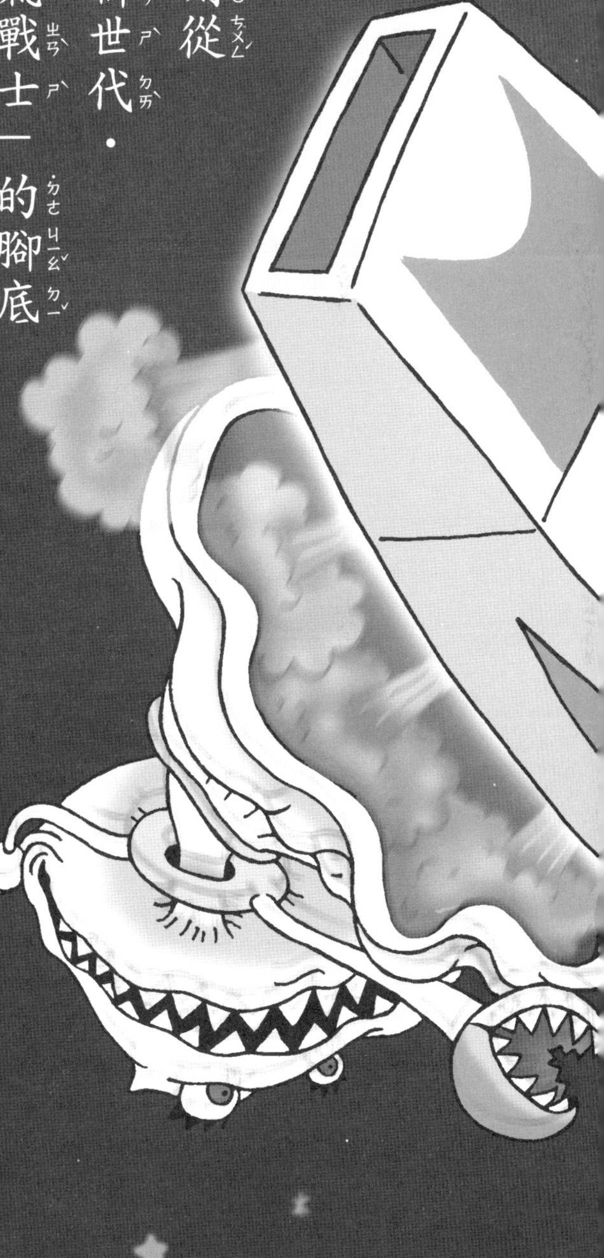

霸力嗑力的手正緊緊的抓住
佐羅力的尾巴。
「咦……？喂，喂，放手啊！」
佐羅力拚了老命想要抓緊
「新世代‧福氣戰士」的腳，
但眼看著他的尾巴
就快要斷掉了。

嗚嗚，本大爺不行了。
伊豬豬、魯豬豬，
接下來拜託你們了。

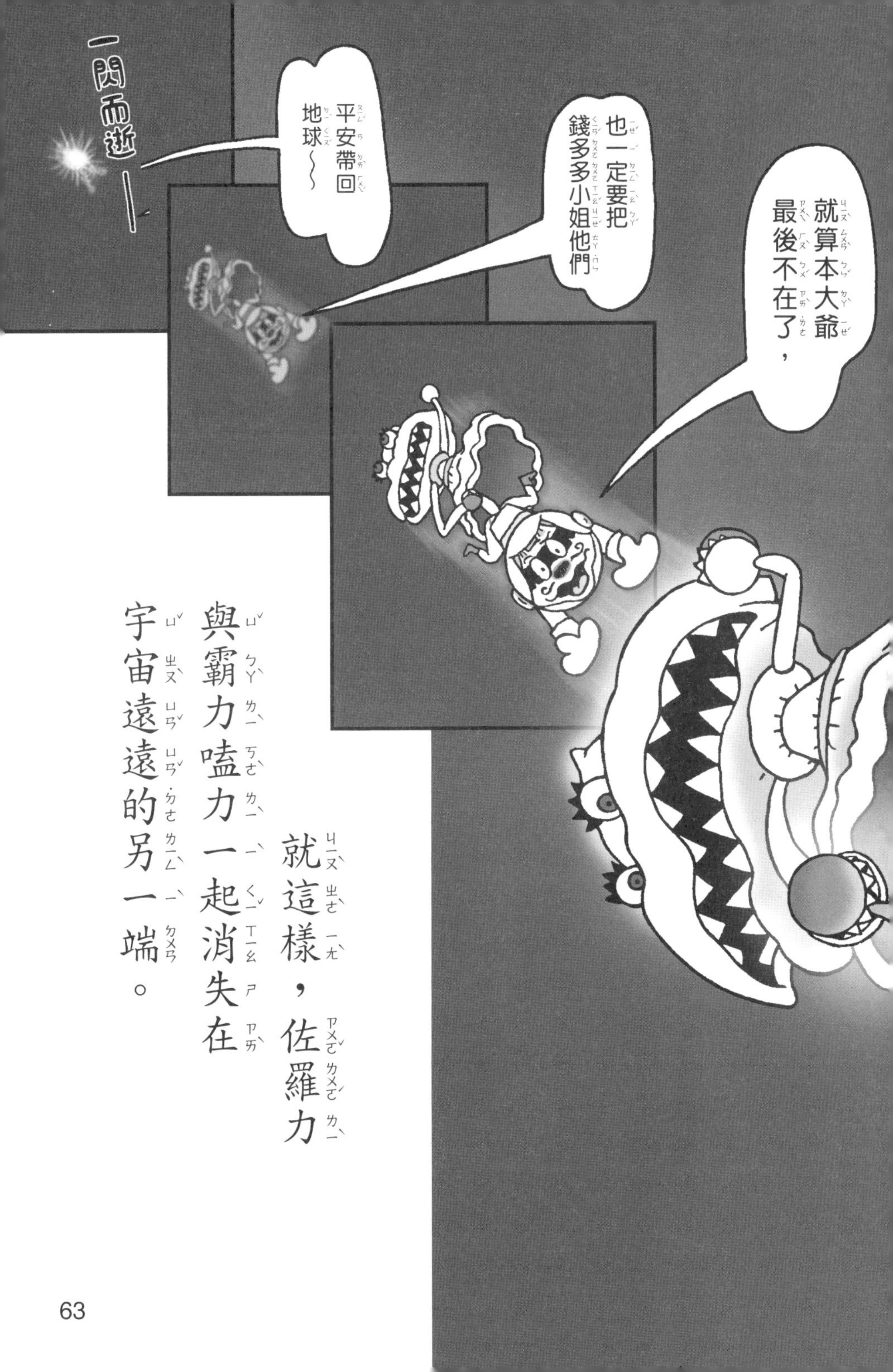
就算本大爺最後不在了，
也一定要把錢多多小姐他們
平安帶回地球～～
一閃而逝——

就這樣，佐羅力與霸力嗑力一起消失在宇宙遠遠的另一端。

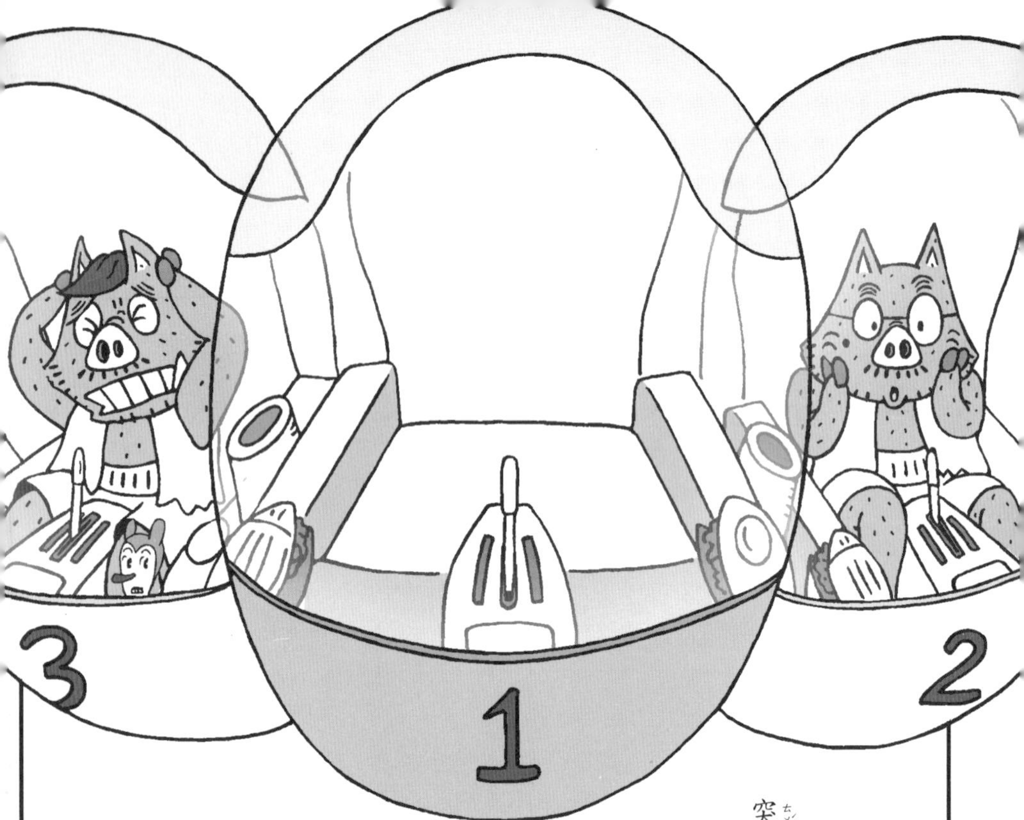

「佐、佐羅力大師——」

突然間就這樣與佐羅力各分東西，
讓伊豬豬和魯豬豬嚇得呆若木雞，
但是佐羅力交代他們的事
卻非完成不可。
然而，「新世代．福氣戰士」
需要三位駕駛一起放出
「三心合一」波形同步的臭屁，
否則就無法啟動，
因此至少必須有一個人
加入放屁的行列才行。
伊豬豬和魯豬豬重新打起精神，
決定與錢多多小姐和葛雷商量
由誰坐上駕駛座——

「我不能讓我最心愛的新娘做這麼不優雅的事，所以這件事自然是要由我來承擔。」

葛雷來到「新世代·福氣戰士」的駕駛艙。

　這時，伊豬豬突然對著佐羅力駕駛座上的葛雷說：

「你放個屁試試看。」

突然被這麼要求
葛雷卻無法馬上放出屁來。
經過好一陣子的努力，
他總算成功了，
但偏偏那個屁很小，一點都不響。
聽到這樣的聲音，
伊豬豬和魯豬豬都覺得很不放心，
只好打開通話鍵與地球上的
造屁博士商量。

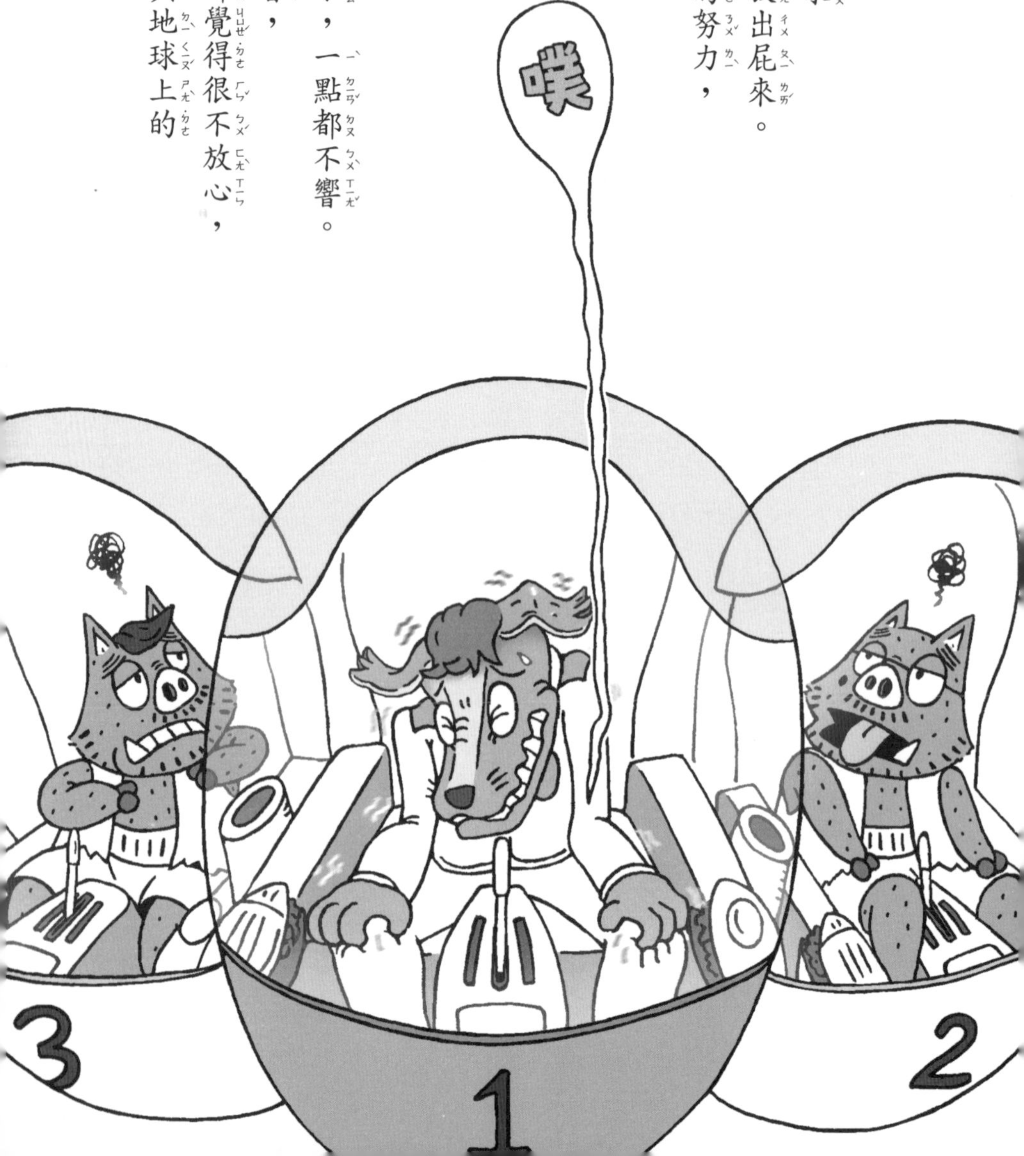

嗯，葛雷先生在放屁這方面的才華大概只能算是普通人吧，要他像你們一樣能夠合力放屁，甚至達到「三心合一」波形同步，恐怕還需要一段時間的訓練啊。
不過，現在也沒有其他辦法了。如果還有一絲希望的話，那就是相信奇蹟會發生，當務之急就是要讓葛雷先生吃下地瓜好好練習！
不過呢……

魯豬豬簡直像是被佐羅力附身似的，熱血沸騰的說道。

「『新世代・福氣戰士』只裝載了
數量剛好的地瓜，
只要少一個地瓜，
就沒辦法回到地球。
所以即使發生奇蹟，
葛雷先生最後能與你們
達成『三心合一』波形同步，
到時候地瓜的數量
應該也會不足吧？」

博士這麼說的意思，就是不管他們最後做了哪一個選擇，終究都是毫無希望了。

最後，沒有任何一個人再開口說話。

正當大家的心中都瀰漫著絕望時，

突然間，佐羅力竟然出現在大家面前。

「嗚哇——佐羅力大師——」

「這、這不是夢吧。

佐羅力大師，
你到底是怎麼回來的呢？」
伊豬豬和魯豬豬
緊緊貼著窗戶，
欣喜若狂。
「我、我被噴飛到最後，
在那兒遇到一個巨無霸。」
佐羅力的背後
出現了——

超級巨大的外星人。
說我是巨無霸？真是太沒禮貌了，我是外星公主碧嚕嚕。倒是你咻一聲突然飛過來，才讓我嚇一跳，心想哪來這種外星居民啊！
哇，怎麼發火了？
最近，我還聽說一件事，有許多人，遠從地球來到外太空。到底是想來這裡探尋什麼？找什麼東西呢？還有，你到底是誰？來這裡做什麼？
我、我叫佐羅力，來這裡是為了……
3
1
2

外星公主碧嚕嚕這麼一口咬定後，伸手遞出了——

霸力嗑力。

「啊——我們不需要那個呀——」

伊豬豬一發出大喊，公主立刻說：

「哪可能給你們啊？

牠叫霸力嗑力，屬於瀕危物種，

是非常珍貴的生物。

你們給我好好的讀一讀這個！」

公主拿出一本外星動物圖鑑

給大家看。

瀕危物種　霸力嗑力

●女性的霸力嗑力
具有這樣的習性：
生小寶寶的時候，
會飛往小行星，
在小行星的地層下
將蛋孵化、養育小寶寶。

在小行星上
挖出一個洞，
在裡面
孵出生下來的
七顆蛋。

●生出來的小寶寶一定是七隻，
霸力嗑力媽媽在養育小寶寶時，
為了守護寶寶的安全，
會變得更加凶惡，
即使只是靠近而已，
也有被攻擊的危險，
所以請務必小心。

●霸力嗑力被列為
外星天然紀念物種，
一旦發現，要即刻送回王國。
牠們將會平安的被安置在
國家的保育機構裡，
獲得無微不至的照顧。

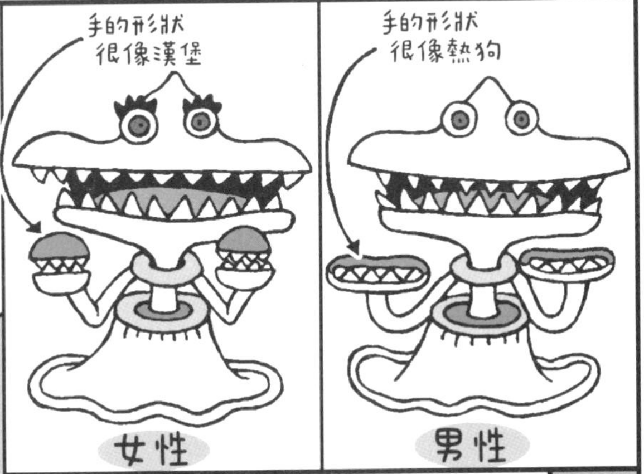
手的形狀
很像漢堡
女性
手的形狀
很像熱狗
男性

霸力嗑力

嘎力叩力目　貝力帕力科
身高160～200cm　體重最重達120公斤

●平常雖然很溫和，不過一旦被激怒，
將會變得很凶惡並且會突然展開攻擊，
因此很久以前曾與古幾路貝脊、
烏加羅給、畢加拉波一起被飼養於王國裡，
受訓成為強大的軍隊，用以守護王國安全。
近來，發現霸力嗑力尖銳而堅固的牙齒，
被精雕細琢後，
能作為昂貴的裝飾品，
以高價賣出，
因此大量霸力嗑力遭受盜獵，
以至於數量急遽減少，
經過確認，至今全國僅剩68隻。

畢加拉波

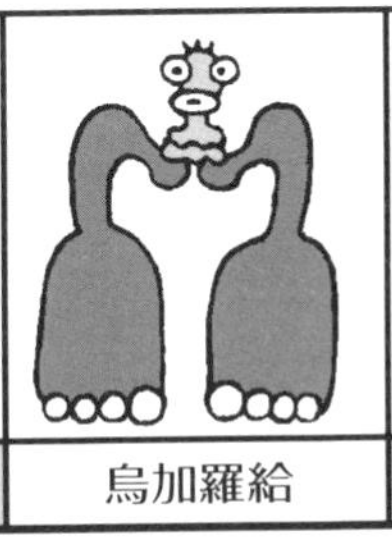
烏加羅給

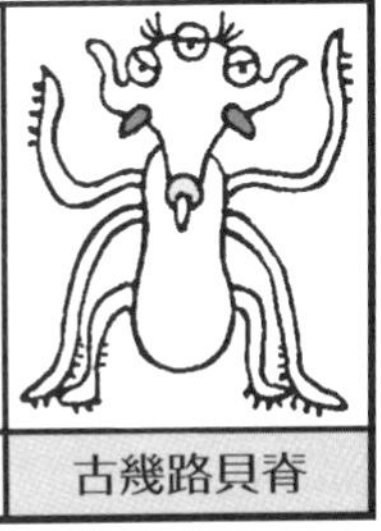
古幾路貝脊

「你們知道外太空有這麼珍貴的生物，所以打算偷偷帶回地球，是吧？」

「不、不，才不是呢。」

「小行星上還有其他的霸力嗑力，對吧？」

「對耶，還有七隻小的霸力嗑力……」

「那是小寶寶，如果沒有加以保護，而且媽媽又不在身邊，牠們一定既孤單又難過。」

「說的對。」

「所以快點告訴我，

到底是哪一顆小行星！」

碧嚕嚕用殺氣騰騰的雙眼一瞪，

看得佐羅力他們

嚇得簌簌發抖，

一起指向

前方的那顆小行星。

接著——

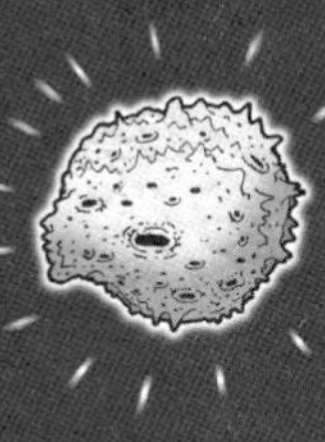

「那就再見了。沒問題吧？
佐羅力先生，
如果你再有盜獵霸力嗑力的行為，
下次可沒這麼好運，
我絕對不會原諒你的，
知道了嗎？」
碧嚕嚕說完這些話，
就像一陣風似的
飛往霸力嗑力所在的小行星。

佐羅力承受不白之冤，被冠上盜獵者的汙名，心裡感到很不舒服。

不過，不管怎麼說，佐羅力都奇蹟般的回來了。

之後，葛雷回到錢多多號，

佐羅力則坐上駕駛座。

這麼一來，史上最強的三位放屁達人又聚在一起了。

而且，地瓜也應該沒有浪費掉。

接下來，佐羅力——

向造屁博士報告道：

「博士，一切的準備已經就緒，我們即將返航地球」。

佐羅力說完的瞬間，造屁博士背後立即響起福來弟、布里奧、丹克這些放屁高手，以及毛斯的朋友勞舒與瑞特等人的巨大歡呼聲。

待在地球上的他們始終懸著一顆心，

佐羅力大師沒事，太好了。
伊豬豬先生、魯豬豬先生，等你們回來喔。

等待此刻降臨。

「新世代．福氣戰士」

重新緊緊的抓住錢多多號。

佐羅力、伊豬豬、魯豬豬

各自將地瓜塞進嘴裡咀嚼，

然後齊心一力、聲勢驚人的放出

「三心合一」波形同步的

臭屁。

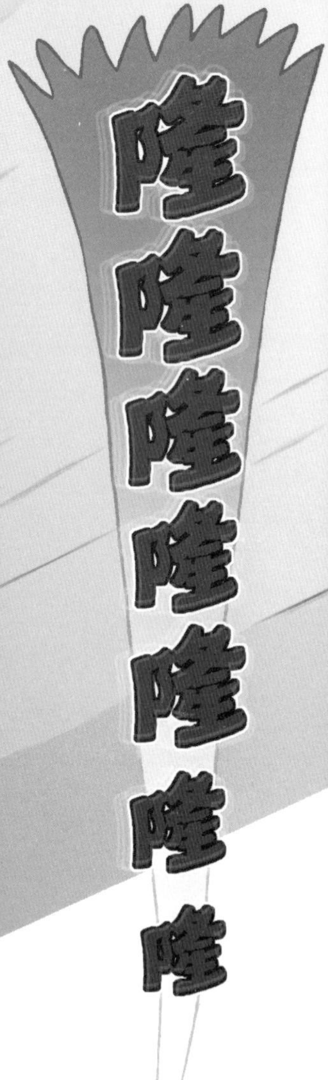

下一秒鐘，

「新世代・福氣戰士」

就猛的衝刺，

飛進大氣層。

機器人的表面熱度瞬間破表，

變成如同燒焦般的黑色。

不過，

造屁博士所製作的

「新世代．福氣戰士」，

儘管發出了

匡啷匡啷的震動聲，

卻只有表面燒焦而已，

因此，待在機器人裡面的人

並未感受到一絲不適。

此刻——

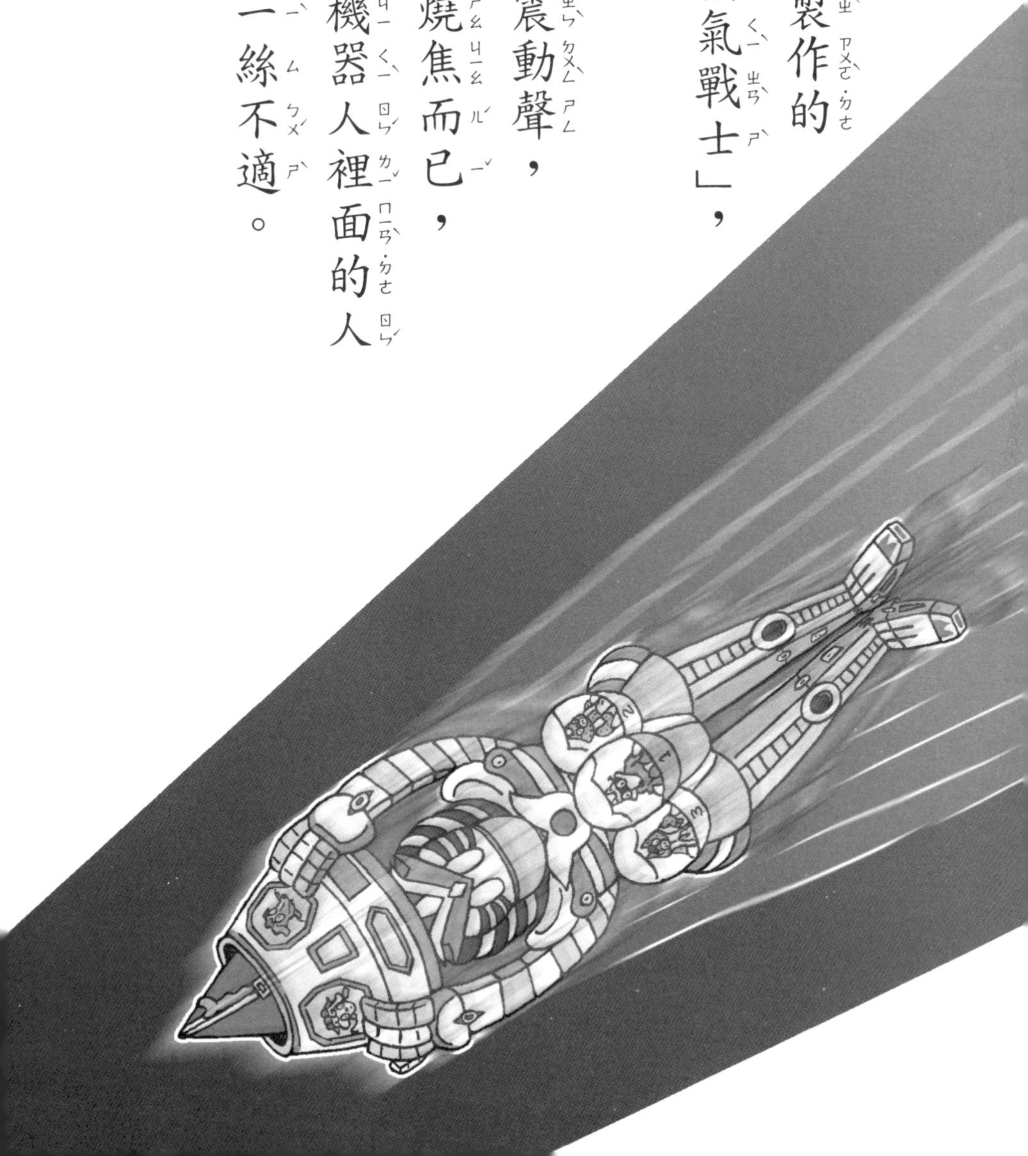

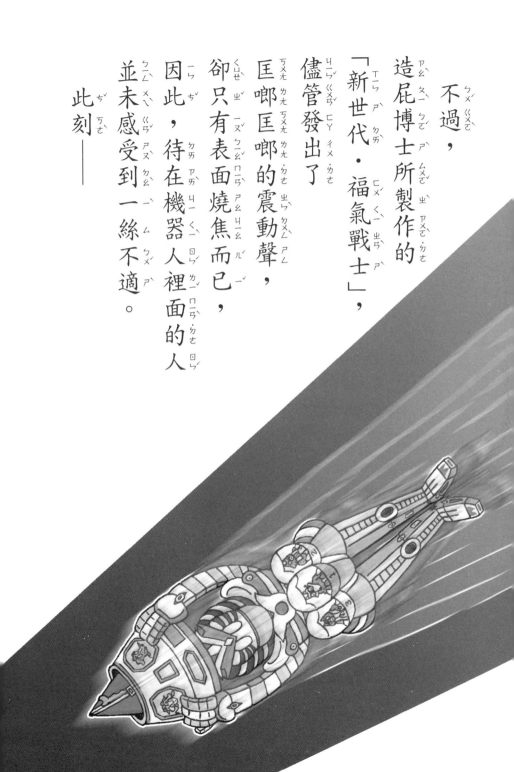

「新世代・福氣戰士」

終於接近地球了。

對錢多多小姐來說，

這是歷經兩次意外事故，

差點放棄返家希望的地球。

在錢多多小姐的淚光中，

不管是翠綠的群樹、湛藍的大海

所有的一切，

看起來都閃閃發亮。

就只剩下最後一哩路了。

佐羅力他們最後的工作，就是在機器人即將著陸時，

放出逆向噴射的臭屁。

也就是以地面為目標

放出臭屁，

好讓機器人可以輕飄飄的

安全著陸。

為此，他們三個必須分別吃下

最後一個地瓜。

然而——

伊豬豬的駕駛座側邊，
卻沒有出現地瓜。
「咦？怎麼搞的？」
伊豬豬露出一臉焦急的神色。
這時，
待在他腳邊的毛斯
突然跳起來大叫：
「都、都是我啦。」
毛斯這才向大家解釋：

「事情是這樣的，我躲進機器人的時候，為了不增加重量，所以把一個和我體重差不多的地瓜拿起來了。」

「什麼！這下子麻煩大了。」

佐羅力抱著腦袋喊道。

因為「新世代・福氣戰士」這個機器人，必須在三位駕駛同時吃下地瓜，而讓屁動力完全達到「三心合一」波形同步，才有辦法運作。

這代表說——

他們無法再控制「新世代·福氣戰士」，只能任由它就這樣朝著地球降落。

這時，葛雷冷靜的說道：

「各位放心，不會有事的。你們看，錢多多號的頂端不是附有降落傘嗎？」

「喔——對耶。如果能打開降落傘，就能輕飄飄的安全降落了。

好，葛雷，

這件事就

交給你了。」

「我知道了。」

聽到佐羅力的指示，

葛雷立刻按下開啟降落傘的按鈕，

結果——

剛打開的降落傘，竟整個被燒得焦黑。在彈出來的當下，就已經化成灰燼紛紛飄散。

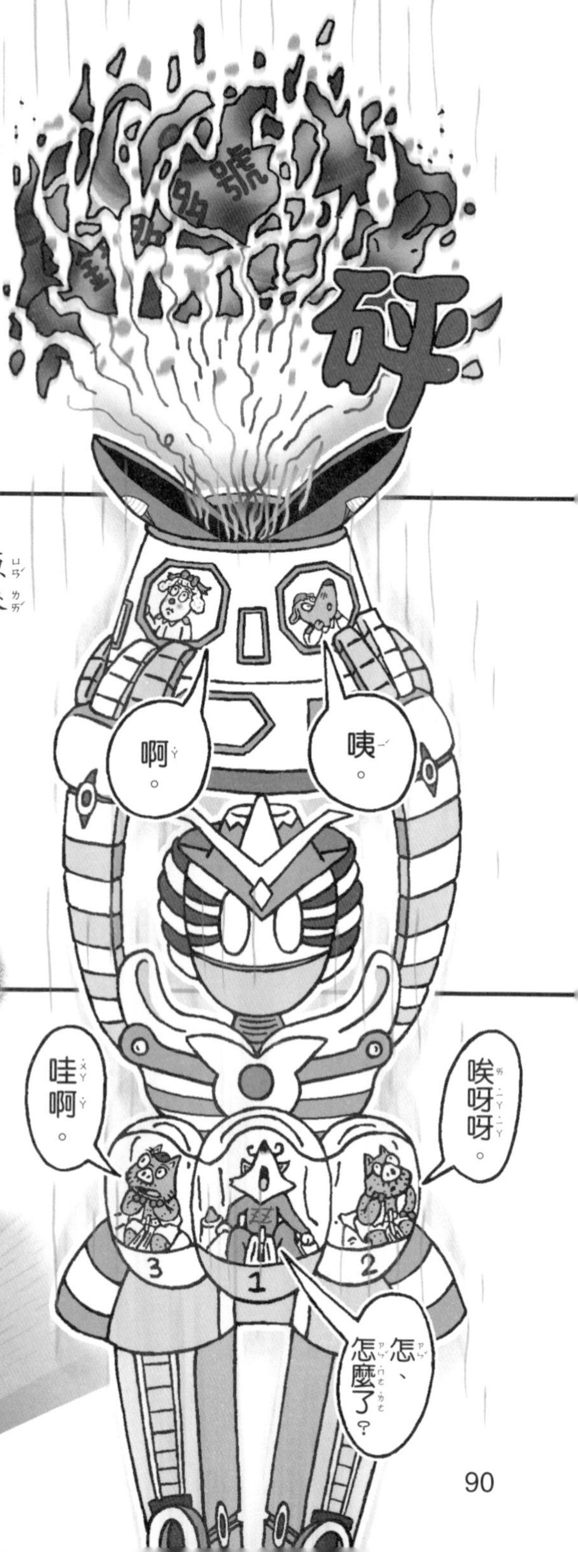

原來，卡在小行星時葛雷太焦急想要快點收起降落傘，所以他沒有確實的將門扇關好。

於是，在機器人回返衝進大氣層的時候，極高溫的熱氣，穿過門扇的縫隙直接灌入其中，燒毀了降落傘。

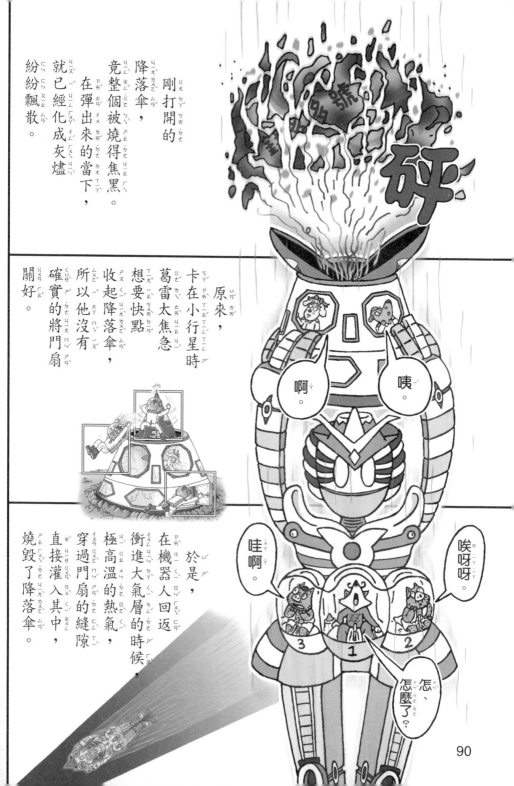

來自怪傑佐羅力的緊急聲明

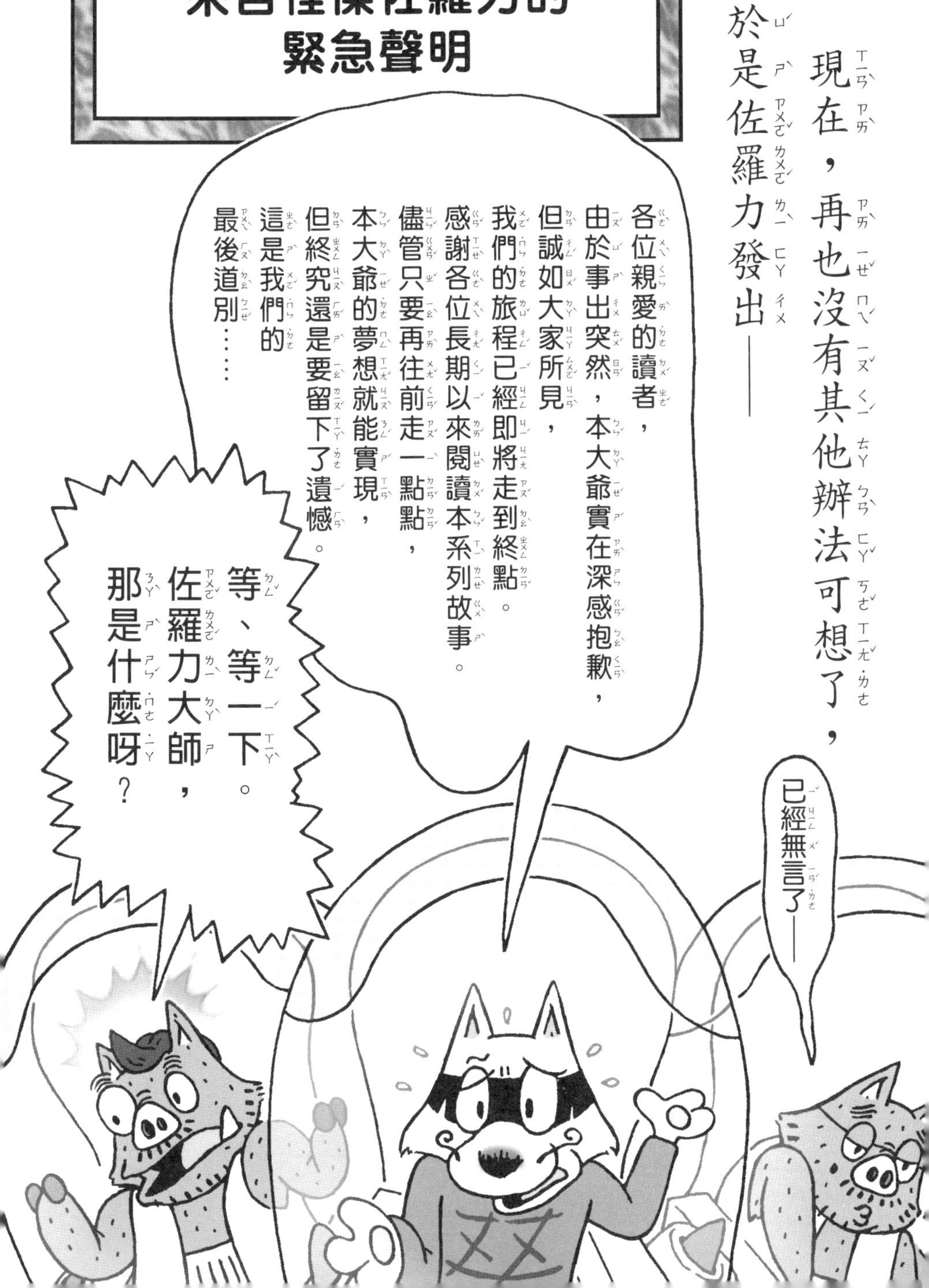
現在，再也沒有其他辦法可想了，
於是佐羅力發出——
已經無言了——
各位親愛的讀者，
由於事出突然，本大爺實在深感抱歉，
但誠如大家所見，
我們的旅程已經即將走到終點。
感謝各位長期以來閱讀本系列故事。
儘管只要再往前走一點點，
本大爺的夢想就能實現，
但終究還是要留下了遺憾。
這是我們的
最後道別……
等、等一下。
佐羅力大師，
那是什麼呀？

突然間，一個從未見過的紅色機器人從下方出現。

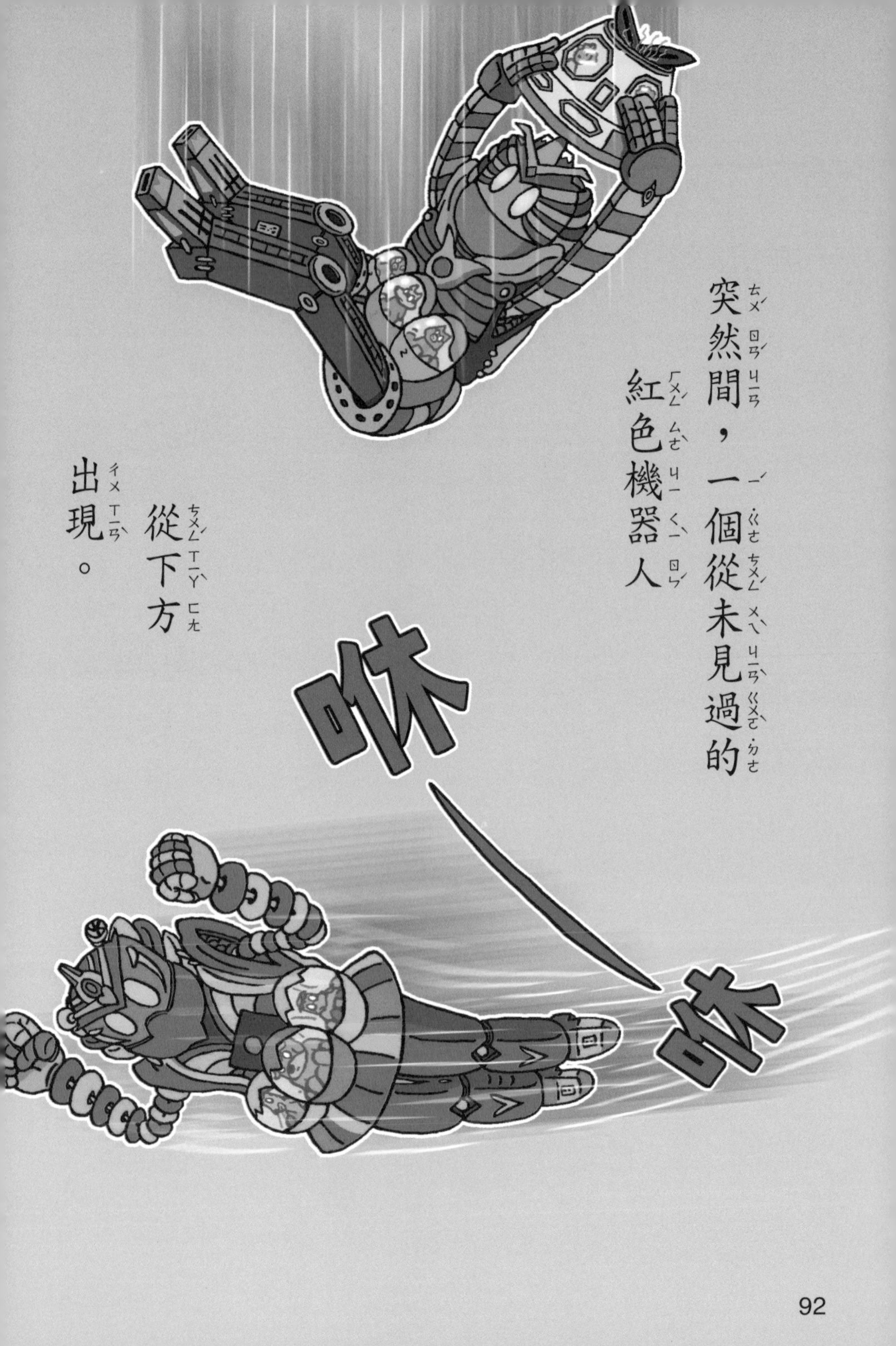

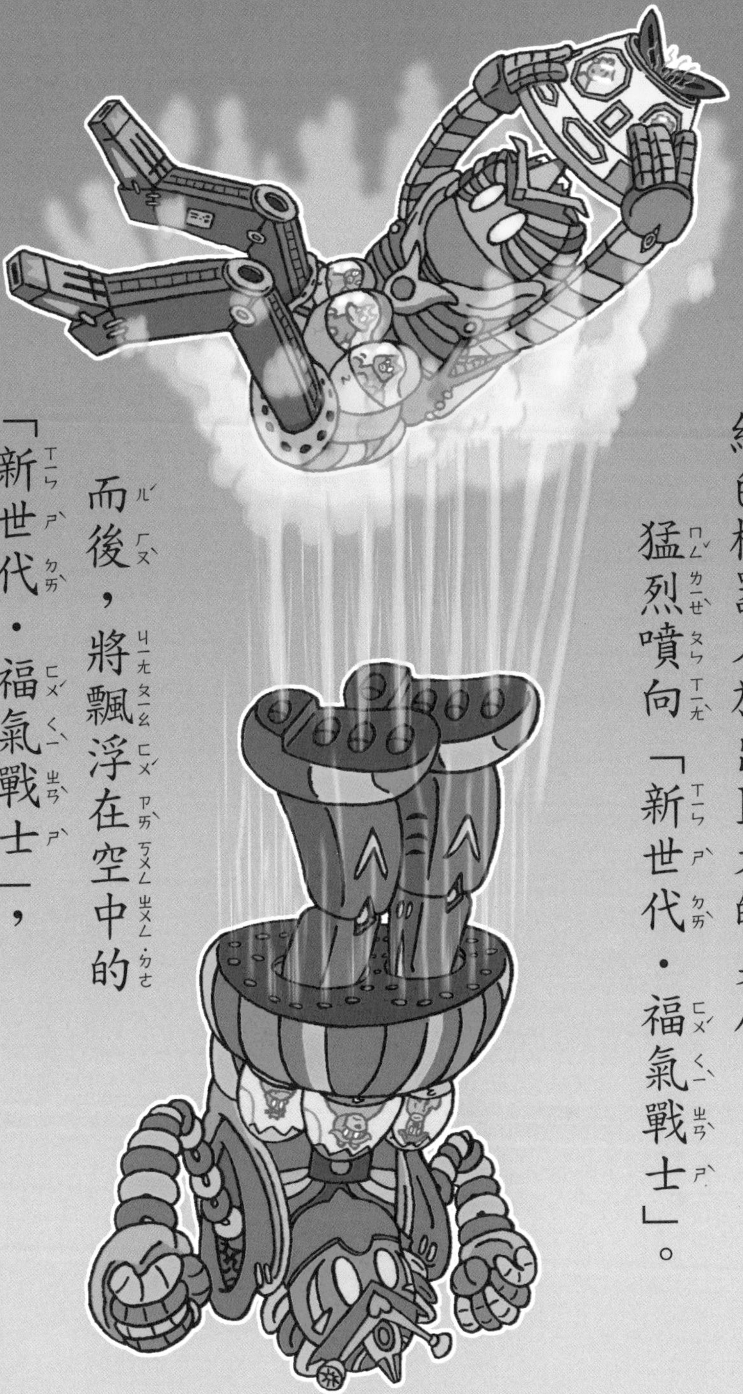

紅色機器人放出巨大的臭屁，
猛烈噴向「新世代．福氣戰士」。

而後，將飄浮在空中的
「新世代．福氣戰士」，

以「公主抱」
的方式抱住，
然後，
直接飛往
造屁博士的研究所，
最後無聲的
降落地面。
錢多多號與
「新世代・福氣戰士」
終於平安返回地球了。
始終屏氣凝神
看著這一切的觀眾們，
爆出巨大的歡呼聲與掌聲。

佐羅力一離開「新世代・福氣戰士」立刻問道：

嘿，造屁博士，這架拯救我們的機器人到底是從哪來的呀？

這時，從那個機器人的出口出現了——

福來弟、布里奧、丹克。這幾位放屁高手，他們從梯子攀爬而下來到地面。
啊
你們辛苦了
平安回來最重要啦。
咦？原來你們都是駕駛員呀？
是啊，沒錯。雖然最後由佐羅力先生你們三位成為駕駛員，但是他們對於自己無法達成「三心合一」波形同步也感到十分懊惱，認為這是身為放屁高手所不能容許的。
他們三個在我的研究所角落，發現一架「新世代・福氣戰士」的試作品，
由於他們很想練習「三心合一」波形同步，所以拜託我利用這個試作品做出「新世代・福氣戰士」的二號機。

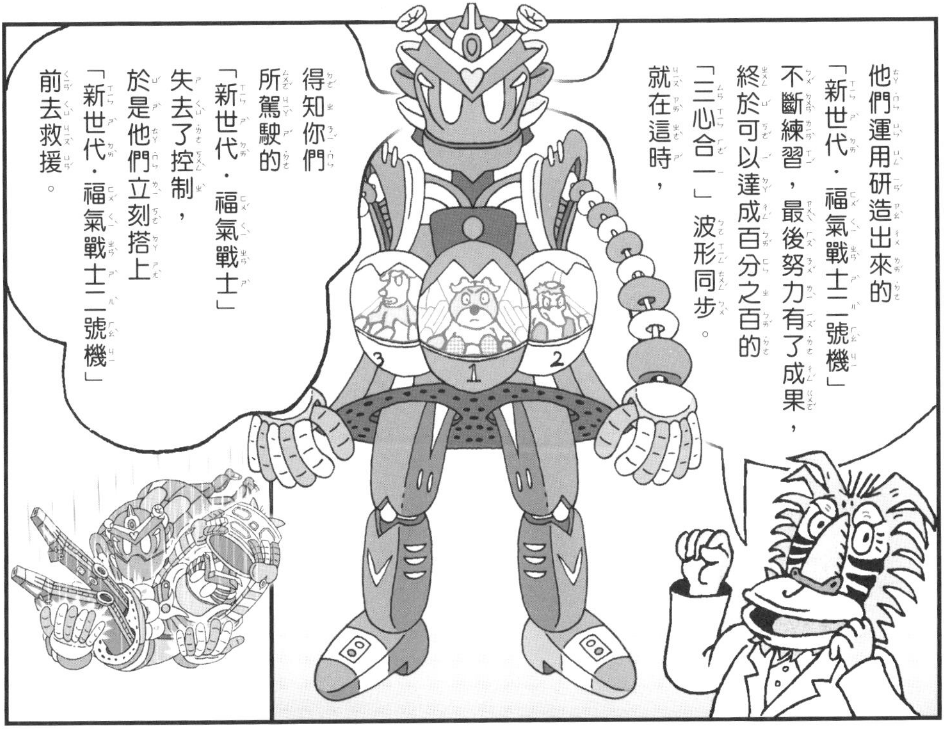
他們運用研造出來的「新世代・福氣戰士二號機」不斷練習，最後努力有了成果，終於可以達成百分之百的「三心合一」波形同步。就在這時，
得知你們所駕駛的「新世代・福氣戰士」失去了控制，於是他們立刻搭上「新世代・福氣戰士二號機」前去救援。
3
1
2

真是幫了大忙呀。如果沒有你們，現在……
我們同樣都是放屁高手的一員呀，這是應該的。
是啊，我們都是用臭屁來拯救地球的好夥伴。
能夠參與救援作戰計畫，這讓我們覺得非常驕傲。
真是我們的救命恩人。
謝謝你們。

七位放屁高手終於能重新串起新的連結，而此時——

報社記者和電視新聞攝影人員
首先趕了過來，
接著，一直緊盯著這齣
救援劇發展的人們
也蜂擁而至。
佐羅力他們
發現了人群之中
有動物警察的蹤跡，
於是，趁亂偷偷溜走了。

果然這麼近看實在很巨大耶。
嗯，超震撼的。
這是用屁動力來啟動的耶。
能夠不負博士的期望，真是深感榮幸。
我一直相信放屁高手的努力必會有成果，因而製作了這樣的救災機器人。
那位駕駛看起來真的很像佐羅力。
快找到本人過來仔細確認看看。
另外一架機器人是什麼時候製作出來的呢？
咦？人在哪兒？
如此看來，屁動力似乎會開始受到相當不一樣的看待呀。
最後的機器人救援發展，真是令人感到驚心動魄啊。
我們還以為你一直在上廁所，所以沒出來看呢。
對不起，讓大家擔心了。
毛斯能平安回來，真是太好了。

HEXA
發射升空時噴出來的屁好臭喔。
所以這次有人發鼻罩給我們。
錢多多小姐、葛雷先生，這邊請。
一切都已經準備好了，記者會即將開始。
將來，我也要成為屁動力的駕駛員。
是的——砰恰恰——
納豆屁威力也是很強的唷！
福氣大包子
新世代冰棒
你們這樣隨便擺攤，不行喔。
我說摳噗嚕哇，想要搭上這波熱潮的話，我們能做些什麼呢？
董事長您說的是！要是我們設個諾貝嚕獎頒發給造屁博士，您覺得如何？
可是噗嚕嚕董事長說……

現在正是腳底抹油的好時機。
遵命！

採訪造屁博士和機器人駕駛員的拍攝差不多來到尾聲，而後，錢多多小姐與葛雷先生的道歉記者會也即將開始。

「這原本是一趟私人的蜜月旅行，
卻沒想到竟讓大家這麼擔憂，
還如此勞師動眾，我們打從心底致上最深的歉意。」
他們兩位面對記者與攝影機深深的一鞠躬，
時間長達三分鐘之久。

發生狀況當時，
我憑藉著身為一位太空人的專業知識，
竭盡所能去挽救，卻偏偏力有未逮。
當我評估自己無法好好的
守護妻子錢多多小姐，
於是當機立斷，
決定向國家請求援助。
當我們得知救援可能來不及的時候，
我和妻子都有埋骨於太空的覺悟。
在那般絕望的狀況下，
造屁博士和救災機器人駕駛員等人，

向我們伸出了援手。
如果沒有他們協助，
我們兩個現在就無法站在這裡。
我們在太空中發生諸多波折，
然而他們完全不畏困難，
更不曾受挫、放棄，
就這樣憑藉著堅定的決心將我們平安帶回地球。
我一定要在這裡向各位介紹三位
勇敢的「新世代．福氣戰士」駕駛員。
咦？
不見了？他們跑到哪兒去了？
哎呀，到底是怎麼回事呢？
難道我的救命恩人又跑了嗎？
我請求你們三位，不管身在何處，
如果你們看到這場記者會的實況報導，
請務必向我表明你們的身分，
讓我得以致上由衷的感謝，並送上謝禮。
HEXA
HEXA
HEXA

佐羅力他們當然看到了這則實況報導，就從那臺借來的平板電腦上看到的。
喂，要是你們那麼喜歡平板電腦的話，請你們自己買，好嗎？
佐羅力大師，錢多多小姐在電視報導中說想要送我們謝禮耶。我們回去請她送我們一人一臺平板電腦吧。
笨蛋──錢多多小姐要是知道駕駛之一就是本大爺，她的心情一定會被打亂。如果因為這樣造成他們夫妻倆之間的風波，不就慘了嗎？葛雷先生為人正直，一定能帶給錢多多小姐幸福，所以本大爺絕對不能出現在他們兩人面前。

佐羅力大師，你和霸力嗑力遠遠飛向宇宙的另一端時，我們根本不知道怎麼辦才好，那個時候，心裡真的很慌耶。
啊，你這麼一說，讓我想起外星公主碧嚕嚕說的那些話，真是讓我滿肚子火呀——本大爺才不是去盜獵霸力嗑力！有誰想要那麼恐怖的外星動物啊。要是有一天，本大爺可以再去外太空的話，一定要洗刷我的不白之冤。碧嚕嚕等著看吧！嘻嘻呵呵。

•作者簡介

原裕 Yutaka Hara

一九五三年出生於日本熊本縣，一九七四年獲得KFS創作比賽「講談社兒童圖書獎」，主要作品有《小小的森林》、《手套火箭的宇宙探險》、《寶貝木屐》、《小噗出門買東西》、《我也能變得和爸爸一樣嗎？》、【輕飄飄的巧克力島】系列、【膽小的鬼怪】系列、【菠菜人】系列、【怪傑佐羅力】系列、【鬼怪尤太】系列、【魔法的禮物】系列等。

•譯者簡介

周姚萍

兒童文學創作者、譯者。著有《我的名字叫希望》、《山城之夏》、《妖精老屋》、《魔法豬鼻子》等作品。譯有《大頭妹》、《四個第一次》、《班上養了一頭牛》、《那記憶中如神話般的時光》等書籍。曾獲「文化部金鼎獎優良圖書推薦獎」、「聯合報讀書人最佳童書獎」、「幼獅青少年文學獎」、「國立編譯館優良漫畫編寫」、「九歌年度童話獎」、「好書大家讀年度好書」、「小綠芽獎」等獎項。

國家圖書館出版品預行編目資料

怪傑佐羅力太空大作戰
原裕 文、圖；周姚萍 譯 --
第一版. -- 臺北市：親子天下, 2022.05
106 面；14.8x21公分. --（怪傑佐羅力系列60）
注音版
譯自：かいけつゾロリうちゅう大さくせん
ISBN 978-626-305-206-2（精裝）
861.596　　111004347

かいけつゾロリうちゅう大さくせん
Kaiketsu ZORORI Series Vol. 65
Kaiketsu ZORORI Uchu Daisakusen

First published in Japan in 2019 by POPLAR Publishing Co., Ltd.
Traditional Chinese translation rights arranged with
POPLAR Publishing Co., Ltd.
through Future View Technology Ltd., Taiwan

怪傑佐羅力系列60

怪傑佐羅力太空大作戰

作者｜原裕（Yutaka Hara）
譯者｜周姚萍
責任編輯｜張佑旭
特約編輯｜游嘉惠
美術設計｜蕭雅慧
行銷企劃｜翁郁涵
天下雜誌群創辦人｜殷允芃
董事長兼執行長｜何琦瑜
兒童產品事業部
副總經理｜林彥傑
總編輯｜林欣靜
主編｜陳毓書
版權主任｜何晨瑋、黃微真
出版者｜親子天下股份有限公司
地址｜臺北市104建國北路一段96號4樓
電話｜（02）2509-2800
傳真｜（02）2509-2462
網址｜www.parenting.com.tw

讀者服務專線｜（02）2662-0332
傳真｜（02）2662-6048
客服信箱｜bill@cw.com.tw
週一～週五：09:00~17:30
製版印刷｜中原造像股份有限公司
法律顧問｜台英國際商務法律事務所・羅明通律師
總經銷｜大和圖書有限公司
電話｜（02）8990-2588
出版日期｜2022年5月第一版第一次印行
定價｜320元
書號｜BKKCH029P
ISBN｜978-626-305-206-2（精裝）

訂購服務
親子天下Shopping｜hopping.parenting.com.tw
海外・大量訂購｜parenting@cw.com.tw
書香花園｜臺北市建國北路二段6巷11號
電話｜（02）2506-1635
劃撥帳號｜50331356 親子天下股份有限公司

博客來小學讀物年度之最，
日本狂銷3,500萬本的經典角色
連續五年日本圖書館小學生借閱率前三名

風靡所有孩子的佐羅力精神

★絕不放棄！樂觀的佐羅力遭遇任何困難挫折，總是繼續堅持到底
★樂於助人！調皮的佐羅力好打抱不平，成為人人景仰的正義使者
★熱情活潑！幽默的佐羅力和孩子同一國，贏得孩子的認同與友誼
★孝順父母！孝順的佐羅力希望媽媽以他為榮，所以永遠不會變壞

最適合孩子開始獨立閱讀的書

★字體大，圖文並茂，用字淺顯易懂，適合中低年級孩子自己閱讀
★內容各處暗藏漫畫、謎題、發明，每次閱讀都有新發現
★幽默緊張的情節、趣味好玩的遊戲，讓閱讀經驗充滿互動樂趣

家長、老師齊聲說讚

【怪傑佐羅力】系列讓三年級的哥哥半夜不想睡覺、愛賴床變成自己凌晨起床偷看書；更好的是，我家文盲已久，讀大班的弟弟，也因本書開始認真閱讀，走入自行閱讀的浩瀚書海！

——家長　**小熊媽**（「家在婆娑美麗處：小熊部落」格主）

仔細閱讀過【佐羅力】的故事之後，不難發現，原來這套書不只是讓孩子哈哈笑笑而已，當中微妙的隱喻其實也透過輕鬆歡樂的閱讀，潛移默化地傳遞給小讀者們，果真是一套不可對它存有先入為主觀念的書！「好希望能趕快看到下一集喔！」這就是孩子對佐羅力的最高崇拜與敬意了，我相信這絕對是每個讀過【佐羅力】的孩子，所擁有的共同心聲吧！

——家長　**瑪莉**（「幸福蟹居」格主）

那位小男生沈醉在【怪傑佐羅力】的世界，早修看、下課看、午休也看，放學也借回家繼續看。他平常不太會主動找我聊天，最近反而會抽空（他看書休息片刻時）跟我大聊特聊【佐羅力】有多有趣，看來我也要找時間把佐羅力這隻有魅力的狐狸研究一下了。

——台南石門國小教師　**王秋燕**

黏貼處

黏貼處

報紙收納袋
製作方法與使用方法

※請和家人一起來
動手做吧。

① 將右下方的三角形
沿著裁切線 ---
剪下來。

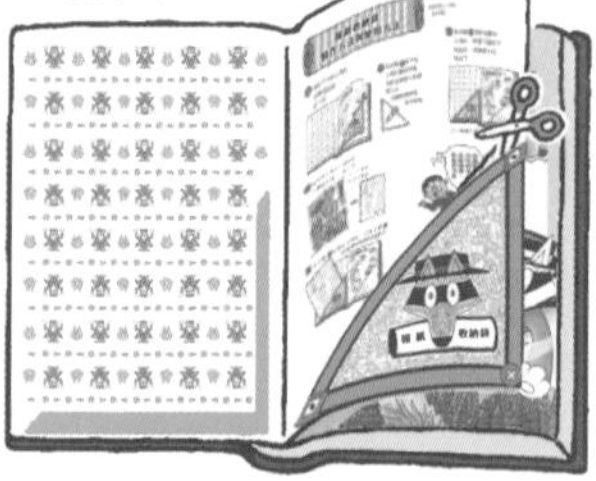

② 將步驟①剪下的
三角形翻到背面，
在黏貼處塗上黏膠。
要小心，
別讓黏膠塗到
線外面喔。

膠水

③ 將步驟②塗好黏膠的
三角形，照著下圖所示
黏貼好，這樣便大功
告成了。

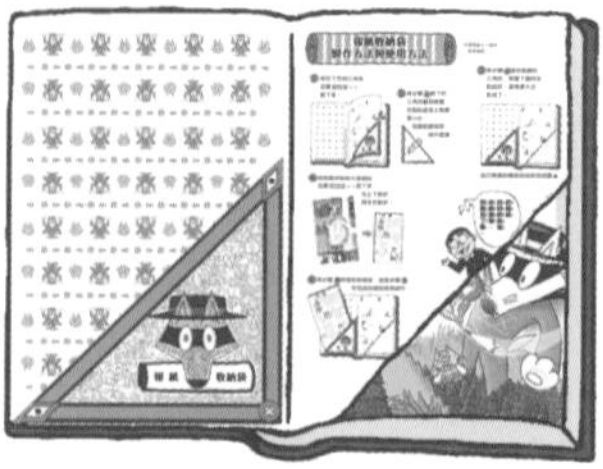

自己專屬的報紙收納袋完成圖▲

④ 將前面所附的大張報紙
沿著裁切線 --- 剪下來，
先上下對折，
再左右對折。

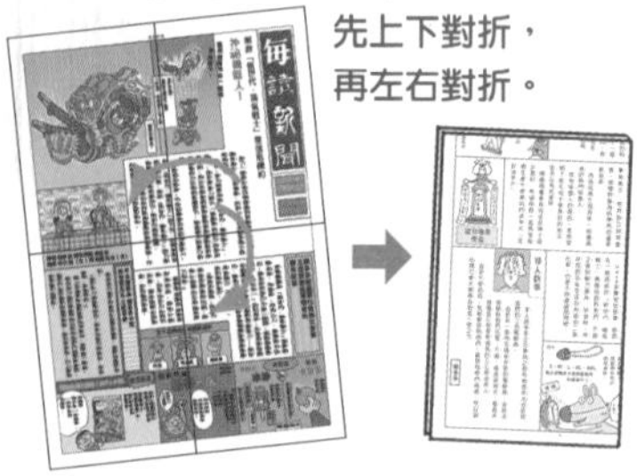

⑤ 將步驟④所摺好的報紙，放進步驟③
所完成的報紙收納袋中。

把報紙
好好的放進
收納袋裡，
別搞丟了喔。
裁切線
報紙
收納袋